Hildegard Best

Der Muschelspiegel

Märchenhaftes von Strand und Meer

Illustriert von Ortwin Knabe

Westholsteinische Verlagsanstalt Boyens & Co.
Heide in Holstein

ISBN 3-8042-0316-7

Herstellung: Westholsteinische Verlagsdruckerei Boyens & Co., Heide
Printed in Germany

Inhalt

Der Schatz des alten Puan

Großtante Idi, die älteste Schwester meines Großvaters, war eine richtige Märchentante. Es ist nun schon lange her, daß ihre Hand über meinen weißblonden Pagenkopf strich; aber noch gut kann ich mich ihrer etwas geheimnisvollen Art und der gütigen Züge erinnern. Sie war damals schon sehr alt und trug auf dünnem Silberscheitel ein schwarzes Häubchen. Dem kleinen Mädel, das, nach neuen Geschichten schmeichelnd, an ihrem Schoße lehnte, kam sie sehr jung vor, und heute weiß ich, was das Kind über das wahre Alter der Großtante hinweggetäuscht hatte. Es waren die dunklen, lebhaften Augen, die wie die eines jungen Mädchens munter sprühten und die alten Züge verjüngend überstrahlten.

Aus einem unerschöpflichen Brunnen griff Tante Idi die schönsten Geschichten. Einer Geschichte kann ich mich heute noch besonders gut erinnern. Ich entsinne mich sogar noch jenes Tages, den Tante Idi mir durch ihre Geschichte unvergeßlich gemacht hat.

Bis nach Sonnenuntergang hatte ich am Wasser mit Steinen und Sand gespielt und den Jungen geholfen, eine Burg zu bauen, welche sie zu ihren Räuberspielen als Schlupfwinkel und Schatzkammer benutzen wollten. Müde und naßgespritzt lief ich nach Hause, schlich leise, um der ordnenden Hand der Mutter zu entkommen, die Treppe hinauf und flüchtete in Tante Idis Stübchen.

Sie saß im Lehnstuhl am Fenster. Der grauwollene Strickstrumpf war der müden Hand entfallen. Ihre Augen blickten in die Dämmerung, die langsam durch die Scheiben tropfte, aus dunklen Winkeln auf sie zukroch und mir ihre Gestalt schemenhaft verhüllen wollte. Mich packte leise Furcht. Rasch auf sie zulaufend und die herabhängende Hand fassend, riß ich sie aus ihren Träumen und weckte mit meinem kindlichen Geplauder die Gegenwart. Doch nur für einige Augenblicke, denn so war Tante Idi, sie fand sofort den Übergang zu einer neuen Geschichte.

„So, so, die Buben spielten heute ‚Räuber und Soldat‘ und

du halfst ihnen beim Bauen einer Schatzhöhle? Der Mensch fängt früh an, Schätze zu raffen und zu verbergen. Hast du schon mal gesehen, wie bei dem Wörtchen ‚Gold' die Augen der Menschen leuchten? Ach, Kind, dazu bist du wohl noch zu klein, um zu erfassen, welch unheimlichen Zauber dieses Wort birgt. Er befähigt die Gebannten zu fast unmenschlichen Taten und hat noch nie vermocht, ihnen ungetrübtes Glück zu bringen. Sagenumwobene Schätze ruhen auf dem Grunde des Meeres, gleißen in dunkler Felsspalte, deren Eingang ein Drache bewacht; oder – der Schoß der Erde schützt sie vor der Menschen begehrlichem Blick. Und doch, je unerreichbarer, desto köstlicher erscheint er den Menschenkindern und läßt sie seine Macht spüren. Noch niemand hat versucht zu ergründen, worin diese Kraft beruht. So will auch ich nicht aufstehen und sagen: ‚So ist es und nicht anders.' Ich frage mich nur, ist es das Blut, das Sühne fordert? Will sich das Blut, das einst nach dem Golde fieberte, vom Schatze lösen und kann es nur, wenn frisches Blut und neue Tränen auf Gold und Perlen tropfen? Wer gab dem Golde die Macht, durch Glanz zu locken, die Menschen zu betören und über das wahre Glück hinwegzutäuschen? Es gibt der Schätze viel, die im Verborgenen ruhen. Wenn du groß bist, dann wirst auch du nach einem Schatze suchen. Habe dann den Mut, das Geheimnis seiner Macht zu ergründen."

Die Hand auf meinen Scheitel legend, fuhr sie fort: „Ich war noch ein junges Ding, als folgendes Erlebnis mich lehrte, nicht nur den Glanz und Wert eines Schatzes zu sehen. Es war ein besonders heißer Sommer, als ein entfernter Verwandter und zugleich mein Patenonkel die Eltern bat, mich für die kurzen Sommermonate zu ihm auf die Insel zu schicken. Es würde mir gut tun, die Natur in ihrer herbesten Art kennenzulernen, und im übrigen habe er eine Hilfe für sein Haus nötig, da seine Wirtschafterin den Lehrer Uwe Stöwer geheiratet habe, und er, ein Sonderling, nicht so schnell einen fremden Menschen finden könne. Wozu hätte er denn schließlich ein Patchen. Die Eltern zögerten nicht lange, denn der Kinder waren gar viele im Haus und stießen sich in den engen Stuben. Kurz entschlossen schickten sie mich mit guten Ermahnungen zum ersten Mal allein auf die Reise. Die Fahrt wurde mir zu einem einzigartigen Erlebnis, obwohl das Wetter nicht schön war. Das Schiff stieß in die silbergraue, fast unbeweglich scheinende Wasserfläche hinein, Deiche und fruchtbare Marschwiesen hinter sich zurücklassend. Um mich breitete sich eine unendliche Weite, die eins zu sein schien mit dem Himmel darüber. Die Stille zerriß nur der gackernde Schrei einiger beutegieriger Möwen. Meine Ungeduld ließ mich gar lang auf das ersehnte Eiland warten. Aber dann tauchte ein grauer Strich am Horizont auf. Näherkommend gewahrte ich vom Winde kurzgeschorene Wiesen und in den Lüften darüber – ein in dieser Einsamkeit schier unheimlich quirlendes Leben – Hunderte durcheinanderfliegender Wasservögel. Und da wartete auch schon der Onkel mit einem hochrädrigen Wagen. Er machte keine langen Umstände, hieß mich herzlich willkommen und in den Wagen steigen.

In der Nähe des Dünentales, welches seinen Namen dem Seeräuber Puan verdankt, lag einsam sein Häuschen. Die meiste Zeit verbrachte der Onkel mit Herumstreifen am Wasser und in den Dünen. Er studierte Fauna und Flora des kargen Eilandes, und abends half ich eifrig beim Einordnen der täglichen Funde. So war ich am Tage oft allein. Wenn ich den Suppentopf in Zeitungspapier und Decken eingeschlagen hatte, Onkels grauwollene Socken heil in der Truhe lagen, lief ich hinaus in Sturm oder Sonnenschein. Seltsamerweise zog es mich nicht dahin, wo das Meer sich gegen die ihm gesetzten Schranken aufbäumt und zornige Wellen auf den Strand schickt. Sooft die Ebbe das Wasser von den Wattwiesen sog, trieb es mich, dem weichenden Wasser nachzueilen.

Eines Tages um die Mittagszeit, alles war so ruhig, als hätte die Natur aufgehört zu atmen, trabte ich vergnügt durch die schlammige Wattwiese. Hoch stand die Sonne am Himmel und trank Wasser aus glitzernden Pfützen. Ich war nicht allein. Viel Leben lief mir in den Weg. Da kam ein großer Krebs geschwommen, hielt sein Junges fest an sich gepreßt und trachtete danach, als mein Schatten dunkel über ihn fiel, aus meiner Nähe zu kommen. Junge Flundern hatten sich im seichten Wasser in den Sand gebohrt, ein leichter Fang zum Abendessen. Im raschen Drauftreten und Zugreifen hatte ich mich schon geübt, nur wenige Fische huschten wie Schatten zwischen den Beinen davon. Bald war mein kleiner Eimer gefüllt. Seesterne, Feuerquallen und Seeigel wärmten sich im flachen Wasser. Farbige Herzmuscheln wanderten in meinen Eimer. Auch ließ sich ein besonders großer Krebs willig greifen. Wie war ich aber enttäuscht, als ich feststellen mußte, daß nur die Schale eines gehäuteten Krebses in meiner Hand lag.

Doch schließlich vergaß ich alles um mich her und schritt sinnend in die Weite hinein. Es schien mir, als lagere ein leichter, blauer Nebel über dem Wasser und den schmalen Sandbänken, die sich ihren gelben, feuchten Rücken von der Sonne trocknen ließen. Unwirklich, wie verschleiert kam mir die Sonne vor und unwirklich, wie aus einem Märchen, ein schneeweißes Möwenpaar, das unbeweglich auf einer spitz ins Wasser untertauchenden Sandbank saß. Auch als ich mich zu ihm gesellte, wandte es den in die Ferne gerichteten bernsteingelben Blick nicht zu mir. Das Gefieder war sonnendurchschienen und glich schimmerndem Marmor. War dies Wirklichkeit oder gaukelte mir ein Traum liebliche Bilder vor? Meine Hand strich über die Augen, umwendend blickte ich zur nahen Küste. Doch einsam ragten die schweigenden Wächter der Insel in den Himmel und zeigten mir ihr alle Tage gleichbleibendes Antlitz, in das nur Wind und Sturm Furchen zu zeichnen vermögen.

Auch die Sonne stand wie immer am Himmel, unwirklich fern und doch so greifbar nahe. Meine Haut spürte ihren warmen Schein. Nur wenn eine Wolke breit und schwer zwischen Sonne und Wattenmeer dahinsegelte und ein kühler Windhauch über die Weite strich, zog ein Schauer über meinen Rücken.

So hatte ich wohl eine Weile dagesessen, nichts gedacht, nur gefühlt, als ich plötzlich hellwach wurde und meine Aufmerksamkeit auf die kleinen Dinge um mich herum lenkte. Ob meinem Unterbewußtsein eine Ahnung kommender Dinge zugeflogen war? Ich kann es heute nicht mehr sagen. Ich weiß nur, daß ein farbenprächtiges, selten schönes Muschelgehäuse plötzlich nicht weit von mir auf

der Sandbank lag. Neugierig betrachtete ich die Glieder einer Seekrabbe, die sich tastend aus dem Gehäuse dem Licht und der Freiheit entgegenstreckten, bis sich schließlich das kleine Seeungeheuer in seiner vollen Größe zeigte. Die knopfartigen Augen blinzelten neugierig in die Sonne und abenteuerlustig, so schien es mir, klappten die großen Scheren. Doch da, der kleine Einsiedler hatte mich bemerkt und kam geradewegs auf mich zugekrochen. Mir blieb vor Schrecken fast der Atem stocken, denn so gerne ich die seltsamen Meeresgeschöpfe aus der Nähe betrachtete, allzu nahe flößten sie mir doch einen gelinden Schauer ein. Ich wollte fortlaufen, aber blieb doch wie gelähmt sitzen. Und dann geschah das Seltsame, dessen Vorgang zu beobachten ein kecker Sonnenstrahl mir nahm, denn blendend traf er meinen Blick.

Als die jähe Helligkeit von meinen Augen gewichen war, stand ein junger Mann vor mir und schaute mich lächelnd und seltsam vertraut an. Blondes Haar fiel auf die Schultern, von denen ein glattes, mit einem Lederband gegürtetes Gewand bis zu den Knien herabreichte. Er kam mir so bekannt vor, und tief in mir klang die Gewißheit auf, ihn schon einmal, sei's in diesem oder einem anderen Leben, gesehen zu haben. Mir schwebte sogar sein Name auf der Zunge und vielleicht hätte ich ihn ausgesprochen, aber der Fremde und doch so Vertraute ließ sich wie selbstverständlich zu meinen Füßen nieder, und beim Klang seiner Stimme verstummte jedes Fragen in mir.

»Du weißt nicht, wie froh ich bin, daß gerade du es bist, die mir nach Hunderten von Jahren Erlösung bringt. Du schaust mich so erstaunt an. Sag, kennst du mich wirklich nicht? Kannst du dich nicht der sonnendurchglühten Tage am weißen Strand erinnern, der silberdurchflossenen Mondnächte zwischen träumenden Dünen? Du starbst und deine Seele wurde zu neuem menschlichen Leben erweckt. Ich, ein Jüngling voller Lebenslust und Freude, wurde plötzlich dem gewohnten Dasein, dem Kreislauf des Lebens, Sterbens und der Wiedergeburt entrissen. Kannst du dich noch erinnern, daß meine Mutter verzweifelt am Meer auf und ab lief und nach mir rief? Ich war in die Gewalt eines herrschsüchtigen, goldgierigen Menschen geraten und hoffte, mein Los zu lindern, indem ich mich unter den Schutz des Meergeistes stellte.«

Tief, aber wie erlöst aufseufzend, strich er sich mit der Hand über die Augen und sagte, meine Hand fassend: »Doch du sollst alles wissen, denn deine Augen sind genauso schön wie damals, als sie, suchend und nach dem Sinn des Lebens fragend, auf meinem Gesicht ruhten, und auch ich dir keine Antwort geben konnte.

Ich weiß, daß die Menschen dem Tal zwischen diesen Dünen den Namen des Seeräubers Puan gegeben haben. Würden sie es genau nehmen, dann müßten sie wohl eine Meile weit ins Meer hinausfahren und die Stelle, die smaragdgrün schimmert, aus deren Tiefe der goldene Schein eines ungeheuren Schatzes emporsteigt und mit dem Glanz der Sonne auf dem Wasser wetteifert, ‚Puan's Gruft' nennen, denn damals reichte das Land viel weiter ins Meer hinein. Erst im Laufe der Zeit haben die gefräßigen Wellen mit Hilfe des Sturmes eine Handbreit Land nach der anderen dem Meere zugetragen. Wie mußte ich heimlich in mich hineinlachen, wenn die Menschen miteinander über den Schatz des großen Puan sprachen und von der Möglichkeit, ihn zu finden und unermeßlich reich zu werden. Wollten sie ein Krönlein, eine Kette oder einen Armreif ihr eigen nennen, sie müßten schon an der eben erwähnten Stelle auf den Grund des Meeres tauchen und würden dann wohl vor Grauen sterben. Auf goldenen Truhen und Silberbarren sitzen die armen, in Gestalt greulicher Meerestiere verbannten Seelen, huschen zwischen dem glitzernden Geschmeide umher, schmücken sich mit Ketten und fluchen des Schatzes, der ihr junges Leben verdarb.

Ich lebte mit meiner Mutter nicht weit von der Ringburg des Seeräubers Puan entfernt in einer Hütte. Sie war recht armselig, aber Mutter und ich besaßen ein zufriedenes, glückliches Herz. Vater – er war bald nach meiner Geburt gestorben – hatte mir ein flinkes Boot hinterlassen. Ich konnte kaum richtig sprechen, da lehrte die Mutter mich schon, heilkräftige Kräuter zu sammeln. Als ich verständig wurde, durfte ich ihr beim Brauen und Mischen stärkender Tees und Salben helfen.

Gar oft wurde sie nachts aus dem Bette geklopft und zu der nahen Ringburg gerufen. Mit eiligen Händen zog sie auch mich an und hastete, ihre Tasche mit Heilmitteln greifend, durch die Dunkelheit, um Hilfe zu bringen. Schiffe mit reicher Beute waren zurückgekehrt, hatten aber auch Kranke und Verwundete mitgebracht.

Manchmal erschien der Seeräuber Puan. Er war stattlich anzusehen und konnte, wenn alles nach seinem Willen ging, freundlich sein. Nach meinem Alter fragte er mich und strich mit der braunen Hand über mein blondes Haar. Dann brummte er: ›Wirst ein guter Seeräuber, so gesund und anstellig wie du bist.‹ Doch mir war der Gedanke, Seeräuber zu werden, höchst widerwärtig. Ich hielt mich deshalb abseits der Altersgenossen. Für sie gab es nichts Schöneres, als von der Aussicht zu schwärmen, einst als Seeräuber die Meere befahren zu können. War ich denn wirklich ein Feigling und Spielverderber, weil ich keinen Gefallen daran finden konnte, zerstörend und fordernd in das Leben anderer Menschen zu treten?

Ich war zu einem Jüngling herangewachsen, als ein Bote des Seeräubers Puan mich aufforderte, an der nächsten Fahrt teilzunehmen. Den Boten schickte ich mit einer Absage zurück und fuhr allein zum Fischen aufs Meer. (Nicht immer zeigte es seine rauhen Seiten. Oft lag es im Mondlicht wie ein dunkler Spiegel da. Mein Boot aber schwamm sacht auf der breiten Silberbahn des Mondes in den Sternenhimmel hinein. Kam ich heim, nahm die Mutter die Fische freudig in Empfang. Der Winter stand vor der Türe. So wurde ein reicher Vorrat an gepökeltem, geräuchertem und getrocknetem Fischfleisch geschaffen.) Doch bald darauf wurde mir abermals die Botschaft zugeschickt, bei der nächsten Fahrt der Wogenmänner nicht zu fehlen. Wie konnte ich ahnen, daß eine abermalige Absage mein Geschick besiegeln würde? Ich kannte den alten Puan zwar als herrschsüchtigen, aber schließlich auch wohlwollenden Mann. Meine Mutter war zu Kranken gerufen worden, als er mich in seine Ringburg lockte und mir anheim stellte, mit ihm auf Fahrt zu gehen oder unter der Schar seiner Gefangenen für ihn zu arbeiten. Nun ahnte ich, was mir bevorstand. Heimlich hatte ich von einem ungeheuren

Schatze flüstern hören, den Gefangene des goldgierigen Puans unter unsäglichen Mühen und Entbehrungen bergen mußten. Ich schlug beides ab, denn ich wollte mir nicht untreu werden und hoffte, entfliehen zu können. Aber ich hatte mich verrechnet.

Fast möchte ich den letzten Teil meiner Lebensgeschichte verschweigen. Ich wurde unter etwa hundert Gefangene, elende Gestalten mit noch jungen, aber leidzerfurchten Gesichtern, gesteckt. Entfliehen war unmöglich. Wir hätten nur in das offene Meer, das breit und ewig hungrig vor uns lag, laufen können. Speisen wurden uns im geringen Maße zugeteilt. Die Arbeit war mühevoll und schien fast menschenunmöglich. In den Leib einer hochaufragenden Düne sollte ein Stollen vorgetragen werden, der gleichzeitig als Verbindung zwischen Ringburg und Meer gedacht war. Seitwärts sollte er sich zu einer Kammer erweitern und den ungeheuren Schatz aufnehmen. Das fast Menschenunmögliche gelang. Jahre flossen dahin wie Ewigkeiten. Die Jugend verblühte unter dem sengenden Strahl der Sonne, im unerbittlichen Sandsturm, im Angesicht des ewig flutenden Meeres. Und dann wurde der Schatz in der Kammer geborgen. In kurzen Nächten träumte ich von der Mutter. Ich sah sie weinend am Strande sitzen und als ich auf sie zutrat und das gesenkte Kinn hob, bemerkte ich, daß ihre Tränen lauter Perlen waren.

So saßen meine Leidensgefährten und ich inmitten großer Schätze. Wir lernten sie hassen, und nur die Freiheit, ein Leben ohne Gold und Kostbarkeiten, erschien uns begehrenswert.

Eines Abends, wir lagen von des Tages Arbeit erschöpft am Fuße der weißen Düne, richtete sich der lange Holländer, ein sonst stiller und düster vor sich hinblickender Mann, auf und sprach zu uns: ›Ich habe das Leben satt, denn ich sehe keinen Weg, der in die goldene Freiheit führt. Laßt uns dem Puan ein Schnippchen schlagen. Wir rufen den Meergeist und bitten ihn um Hilfe.‹ In den vergrämten Gesichtern zuckte es freudig auf, aber dann sprach ein Älterer bedächtig: ›Wißt ihr auch, daß man sich nicht ungestraft in die Gewalt des Meergeistes begeben darf, ei, wenn er nun eure Seele zum Lohne begehrt?‹ Hierauf wurden alle nachdenklich. Aber dann flüsterte der Verführer wiederum: ›Wir werden schon einen Ausweg finden und den Meergeist zu überlisten wissen!‹ So stimmten schließlich alle dem Vorschlag bei. Es war um Mitternacht, als wir den Geist riefen. Der Mond hatte eine schwarze Wolke vor sein Antlitz gezogen, als wolle er mit unserem dunklen Handel nichts zu tun haben. Wie feuchter Nebel stieg es aus der Meerestiefe. Die anfangs Kecken verließ der Mut, doch schließlich wurden wir uns einig. Ob zu unserem Vorteil, blieb ungewiß. Aber wir brannten ja auf eine Änderung unseres Schicksals. In Meerestiere wollte uns der Geist verwandeln, und in jedem Jahre einmal sollte es jedem gegeben sein, in menschlicher Gestalt an Land zu erscheinen. Fände er in drei Tagen eine ihm vertraute Seele, sollte der Bann von ihm weichen und seine Seele Ruhe finden. Es ward uns bewußt, daß dieses Abkommen ein Glücksspiel war. Aber wir wagten es doch. Durften wir in menschlicher Gestalt an Land und kamen nach drei Tagen einige Leidensgefährten nicht wieder, dann füllten sich die Herzen der Zurückgebliebenen mit neuer Hoffnung. So vergingen Monate, Jahre, Jahrhunderte.

Und heute, als ich dich auf dieser Sandbank sah, war wieder der Tag im Jahre herangerückt, auf dem die Hoffnung vieler qualvoller Stunden und Tage ruhte. Weißt du jetzt, wer ich bin? Ich möchte dir nicht nur mit Worten danken, ich möchte dir eine Kette, deren so viele durch meine Hände glitten, um den Hals legen und vermag es nicht, denn ich habe mir geschworen, nie wieder ein Schmuckstück zu berühren.«

Er ergriff meine Hand und küßte sie. Errötend senkte ich den Blick, denn ich war ja noch so jung und geriet leicht in Verwirrung. Doch rasch hatte ich mich gefaßt. Mir war sein Name eingefallen, und beglückt wollte ich ihn nennen; aber wo war er geblieben? Suchend blickte ich mich um. Ich saß allein, und meine Augen waren schwer wie Blei.

Da bemerkte ich zu meinem Entsetzen, daß das Wasser erheblich gestiegen war und die kommende Flut ankündigte. Nicht weit von mir schaukelte auf dem Wasser das leere bunte Muschelgehäuse. Die Sonne warf eine breite Goldbahn über das steigende Wasser. Ich lief, daß die Tropfen hoch aufspritzten und mich hätten vergolden müssen, wenn sie wirklich flüssiges Gold gewesen wären. So erreichte ich klopfenden Herzens den Strand. Der rasche Lauf hatte mich wachgerüttelt und der Wirklichkeit nahe gebracht. An diesem Abend saß ich noch lange an eine hohe, warme Düne geschmiegt und dachte über alles Erlebte nach. Mein Herz schwankte zwischen Traum und Wirklichkeit. Schließlich entschied ich mich für das Letztere und trug mein Geheimnis wie etwas Kostbares mit mir durchs Leben."

Nun stand Tante Idi auf, zündete eine Kerze an und schickte mich zur Mutter.

Ja, so ungefähr wohl hat mir Tante Idi vor vielen, vielen Jahren diese Geschichte erzählt. Ihr aber, denen ich sie nun wiedererzählt habe, dürft nicht lachen und euch über die alte Frau lustig machen. Sie war einst genauso jung, wie ihr es heute seid, und wißt ihr immer zu sagen, wo die Wirklichkeit zu einem Traume wird, und wo ein Traum in die Wirklichkeit mündet?

Die Wunderblume

„Gibt es etwas Gewaltigeres als das Meer? Gibt es etwas Mächtigeres als den Wind, der in höchster Lust zum Sturme wird?

Schon jahrhundertelang spielen sie miteinander und werden ihres Spieles nie überdrüssig. Wie streicht der Wind so seidengleich über den friedvoll schlummernden Wasserspiegel und küßt rasch, wenn ihn der Neckteufel plagt, eine besonders anmutige Welle. Und hat er gar zu lange zwischen den warmen Dünen geträumt, dann reckt er die Glieder, der wilde Geselle, springt auf die höchste Düne und schüttelt die langen, sandhellen Locken, daß die Gräser ängstlich die Köpfchen senken und kaum wagen, dem Übermütigen in die blitzblauen Augen zu schaun. Aber das Meer liegt wohlgerundet und träge da. Wie den Wind das dumme Geschwätz der schläfrigen Wellen wurmt, die satte Geruhsamkeit des breiten Wasserspiegels. Neckworte fliegen hin und her. Immer lauter und kecker wird das Rufen und steigert sich zu Schimpfworten. Schließlich stürzt sich Bruder Wind in das Meer, um ihm zu zeigen, wer der Herr ist.

Auf reckt das Meer den gewaltigen Leib, um den Sturmwind in den nassen Schoß zu betten, bis, nach Luft ringend, er seine Schwäche eingesteht. Doch vergeblich! Wo Schlangengeschmeidigkeit, Flinkheit und Klugheit sich paarten, vermögen rohe Kraft und List nichts auszurichten. So toben sich beide ordentlich aus und feiern ermüdet Versöhnung.

Nur sie beide sind sich inmitten aller Vergänglichkeit gleich geblieben. Jahrhunderte sind vor ihrer nimmer schwindenden Jugendkraft wie Jahre. Erst wenn die Sonne, sich selbst verbrennend, ihr bleichschimmerndes Antlitz im Meeresspiegel erlöschen sieht, wissen die beiden sorglosen Gesellen, daß auch ihre Zeit gekommen ist. So fürchten sie die Zeit, in deren Schoß sie ruhen, die sie nicht zu fassen, zu sehen vermögen, deren Macht und unaufhaltsames Schreiten sie aber spüren.

Ja, sie spüren die Zeit, die auf sie niederlächelt und im Gleichmaß einen Fuß vor den anderen setzt, und hat sie den Kreis geschlossen, tritt sie gütig lächelnd in die alten Spuren. So ruhen unter jedem neuen Schritt Leid und Freude, Schuld und Reue uralt und immer wieder neu. Selbst die Zeit weiß nicht, wann sie begonnen. Sie läuft ja schon unendlich lange im Kreise herum und hat zwischen Anfang und Ewigkeit lächeln gelernt."

Die junge, schwermütig dreinblickende Frau lächelte auf fünf geneigte Bubenköpfe herab und strich einem Kinde, wie um Verzeihung bittend, über das Haar. Wie es in letzter Zeit so oft geschah, hatte sie ihren Gedanken nachgehangen und, manchmal halblaut zu sich selbst sprechend, die Kinder vergessen, die geduldig auf bunte Märchen gewartet hatten.

„Euch, meinen Buben, erscheint das Meer gewaltig, euch dünkt nichts stärker als der Wind. Aber glaubt, ewig währt nur die Zeit", fügte sie nun erklärend hinzu und bemerkte, daß die Knaben ob der Mutter unverständlicher Worte eingeschlummert waren. Da regte sich der Säugling auf dem Schoße, griff mit den Händen in die Luft und fing zu weinen an, daß die Schlafenden aufschreckten.

Schatten wärmender Flammen in der Feuerstelle spielten näherkommend über den Fußboden, als wollten sie nach den Kindern haschen. Kampflustig heulte draußen der Wind, zornig gab das Meer donnernde Antwort, und nur wenn beiden einen Augenblick lang der Atem ausgegangen war, wurde das Rieseln des Regens laut.

Ängstlich drängten die Buben zu der Mutter schützenden Nähe und bargen die kleinen Gesichter in die dunklen Falten des weitbauschigen Rockes. Hier fühlten sie sich sicher, geborgen und warm. Nur Orko, der älteste Knabe, der den unzusammenhängenden Worten der Mutter gelauscht hatte, stand auf und setzte sich ganz nahe der Feuerstelle nieder. „Mutter mag schon recht haben", dachte er, „die Zeit wird sicher stärker sein als Meer und Wind. Ob sie wohl eine Frau ist und so ähnlich ausschaut wie Mutter?" Rasch lief er zur Mutter hinüber, barg sein heißes Gesicht in das geheimnisvolle, zauberhafte Dunkel ihrer Rockfalten und fühlte sich gegen alles Unheil geschützt.

Was meinte Mutter nur mit der Zeit, dachte Orko weiter, war – war sie das etwa selbst oder noch viel mehr, da sie ihn gegen Meer und Wind behüten konnte?

O ja, Mutter mußte sehr viel bedeuten, denn wo sie ging und stand, fühlte man sich wohl. Schaute sie einen an, dann flutete irgendetwas ganz warm durchs Herz. Selbst Vater, der große, dunkle Mann, der nur selten da war, laut und hart sprach, ihm und den Brüdern rauh und unwirsch über die Köpfe strich, verzog das Gesicht zu einem freundlichen Lächeln, wenn Mutter auf ihn zuschritt.

Ein plötzlich anschwellender Lärm ließ alle aufhorchen. Schon wurde die Türe aufgerissen, und aufgeregt durcheinander schwatzende Frauen und Mädchen drängten in den kleinen Raum.

„Sie sind heimgekommen. Beim Schein der Fackel bringen sie die erbeuteten Schätze in Sicherheit. Es muß ein reiches Kaufmannsschiff gewesen sein!" Ein halbwüchsiges Mädchen löste sich aus dem Ring der Frauen und rief: „Denk dir, kaum daß unser Schiff den Strand erreicht hatte, tanzte auf den anrollenden Wagen etwas Helles heran. Die Männer schätzten, daß es eine Kiste voll von Wertsachen des untergegangenen Schiffes wäre und wagten sich in die Brandung hinaus. Doch was meinst du, was sie auffischten?" Helge machte eine geheimnisvolle Gebärde, doch blieben ihr die Worte im Munde stecken, denn jäh verstummte das schwatzende Frauenvolk und gab den Eingang frei, während der kühne, gefürchtete Seeräuber Roan über die Schwelle schritt, in den Armen ein schreiendes Bündel unbeholfen wiegend. Indes er polternd alle Neugierigen hinausjagte, versteckte sich Helge geschickt hinter die große Truhe, um alle Einzelheiten zu erfahren, die Roan nun seinem Weibe erzählen würde.

Die Männer waren nochmals hinausgefahren, um die Schatzkiste aus dem Meere zu fischen. Doch sie wurden schwer enttäuscht. Es war ein treibendes Schiffsteil, welches ihre Aufmerksamkeit erregt hatte. Eine Frau lag quer darüber, und es schien, als wäre sie daran festgebunden. Als die Männer das Wrackstück erreicht hatten, stellten sie fest, daß die Frau tot war. Eine gesplitterte Planke hielt fest den rechten Arm eingeklemmt. Im linken Arm lag ein

Kind von etwa zwei Jahren. Der lange, goldblonde Frauenzopf hatte sich um den kleinen Kindeskörper geschlungen und sich an herausragenden Nägeln auf der Planke verknotet. Das Kind gab noch Lebenszeichen von sich. Man mußte die Zöpfe durchschneiden, um es von der Mutter zu lösen. Warum Roan das Kind nicht im Meer gelassen hatte? Er wußte es selbst nicht zu sagen. Vielleicht hatte er an die eigenen Knaben gedacht, und einen Herzschlag lang mochte ihn das Schicksal der jungen Mutter gerührt haben, an deren Tod er schuld war.

Naß und windzerzaust stand Roan seiner Frau gegenüber und hielt ihr das Bündel entgegen, um welches er einen gelbblonden Zopf geschlungen hatte. Sein Blick bat, den Findling in den großen Kreis der eigenen Kinder aufzunehmen.

Bald spielte der kleine Walfrid am Strande mit den Söhnen des Seeräubers. Die Buben wußten es nicht anders, als daß Walfrid ihr Bruder sei und schon immer bei ihnen gewesen. Kam Roan heim, dann schien es, als liebe er sein jüngstes Kind am meisten. Er liebte das Meer über alles und liebte Walfrid als des Meeres Kind, als des Meeres schönstes Geschenk.

Und kaum, daß sich das Jahr gerundet, durften die Buben ihr kleines Schwesterchen bewundern, das mit blauen Augen verwundert in das Licht schaute und die kleinen Hände ausstreckte, als wolle sie es haschen. Doch dann wurde den Buben das Schwesterchen zu langweilig. Sie liefen hinaus in den Sonnenschein, und die Mutter hörte nur noch von weitem ihr fröhliches Rufen und lauschte dem Lärm der übermütigen Spiele.

Sie saß am schmalen Fenster, blickte über das Meer, das ihr das Wiegen-, Jugend- und Hochzeitslied gerauscht, wandte den Blick zu den nahen Dünen, deren starres, leichenblasses Antlitz sie manchmal kaum ertragen konnte. Plötzlich weiteten sich ihre Augen vor Staunen. Sie schloß die Lider, öffnete sie, strich sich ratlos über die Schläfen, aber das Wunder blieb. Dort hinten auf der höchsten Düne, von allen wegen ihrer jäh aufragenden Höhe, zu der noch niemand vermocht hatte emporzusteigen, die ‚Ungezähmte' genannt, leuchtete es glutrot, leuchtete es dunkler als der Sonne abschiednehmender Ball, funkelte es feuriger als der edelste Wein im Becher, brannte es heller als der zuckende Flammenschein im Feuerherd. Eine Blume schien's von seltsamer Art, von südländischer Pracht.

Bald drang die Kunde von diesem Wunder über Land und Meer hinaus. Viele Menschen wanderten zu der Düne hin, um das Wunder selbst zu schauen. Gar viele versuchten, die ‚Ungezähmte' zu bezwingen. Doch vergebliches Bemühen! Spott und Gelächter verfolgten die Übermütigen.

Gar bald kümmerte sich niemand mehr um die Blume, die trotz Wind und Regen, Sandsturm und Sonnenglut ihre Schönheit nicht einbüßte. Sie blieb unerreichbar, und da sie nicht wieder verschwand, schien sie kein Wunder mehr.

Aber die Seeräuberfrau saß nun länger denn je in ihrem Stuhl am Fenster und blickte wie gebannt zu dem Wunder empor. Ihr Fuß versäumte, die Wiege zu schaukeln, in der das Töchterchen Ilwa schlummerte. Sie starrte zu der Blume empor, die das Licht, die Glut der Sonne trank und immer schöner wurde.

So fand sie eines Tages ihr Mann. Der Blick der weitgeöffneten Augen war starr auf die Spitze der ‚Ungezähmten' gerichtet. Die Seele hatte den Körper verlassen und wiegte sich in ersehnter Freiheit auf den taufrischen Blütenblättern des glutroten Wunders.

Nun wuchs Ilwa ohne Mutterliebe auf. Lagerten abends, wenn der Regen um die Ringburg rauschte, die Brüder auf dicken Fellen vor den wärmenden, flackernden Flammen, dann kuschelte sich Ilwa zwischen die großen Brüder und bat, von der Mutter zu erzählen. Und dann geschah es oft, daß sie aufsprang, zum Fenster lief, gegen das Blumenwunder die Arme reckte und leidenschaftlich ein über das andere Mal rief: „Ich hasse dich, o ich hasse dich!" – bis die Brüder sie an den langen, roten Zöpfen lachend in ihre Mitte zogen.

Aber es kam so, daß Ilwas Haß von einem Vollmond zum anderen geringer wurde. Sie ertappte sich dabei, daß ihr ausgestreckter Arm eine zärtlich verlangende Gebärde annahm. Dann ließ sie ihn beschämt sinken und lief davon. Doch immer wieder zog es sie zu dem Fenster, an dem die Mutter gestorben war.

Eines Abends, die Sonne tauchte verglühend ins Meer und überhauchte das Blumenwunder mit lebensvoller Glut, lehnte Ilwa ihr Köpfchen an das Fensterkreuz und schluchzte: „Du hast mich bezwungen, ich muß dich lieben, wie es auch meine Mutter getan hat." Ihr mühsam aufrechterhaltener Widerstand wich einer wachsenden Sehnsucht. Die Brüder nahmen Ilwa nicht ernst, neckten sie lachend eine Träumerin. Ob Walfrid sie verstand, da er sie oft vom Fenster zog und hinunter ans Meer führte?

Er bat sie, die Blume zu vergessen, lieber dem Spiel der munteren Wellen zuzuschauen, dem Flüstern, Brausen und Donnern der Wogen zu lauschen. Wenn ihre Traurigkeit nicht weichen wollte und Tränen über die Wangen rollten, zog Walfrid die Weinende in den Sand, streichelte beruhigend ihre Hände und lauschte geduldig dem törichten Klagen der Schwester: „Einmal nur möchte ich in den Kelch der Blume blicken, das Wunder ihrer Schönheit schauen, einmal nur atmen den süßen Hauch, der ihre Blütenblätter zu durchströmen scheint."

Doch Ilwas und der Blume Schönheit wuchsen, und beider Ruhm ging von Mund zu Mund. Es fanden sich viele Freier ein. Jedoch kein Männerblick vermochte es, das Herz des Mädchens zu entflammen, da es erfüllt war von der Wunderblume Glut, und so entschloß der Vater sich, sie jenem Manne zu geben, dem es gelang, ihr die Blume als Hochzeitsgeschenk zu reichen. So mancher kam stolz und prächtig daher und glaubte, die ‚Ungezähmte' überlisten zu können. Was schien denn leichter, als eine Düne zu besteigen? So stiegen sie keck empor und fühlten mehr denn hundert Augen im schweißfeuchten Nacken. Doch glaubten sie sich nah dem Ziel – den Sinn verwirrte schon der Duft der Wunderblume –, gab unter ihrem Fuß der Sand ein wenig nach, und unter dem Gelächter der Schauenden rollten sie in die Tiefe. Bei Nacht und Nebel zogen die von Spott und Hohn Getroffenen davon.

Als die Frühlingsstürme gewichen waren und der Sommer seinen ganzen Zauber über das herbe Küstenland verströmte, spürte Walfrid eine nie gekannte Unrast im Blute.

Es gelang ihm nicht mehr wie einst, in einer vom Winde ausgewehten Sandmulde ruhig zu liegen und die Stunden auf lichtdurchschienenen Möwenflügeln über das Meer entfliehen zu sehen. Ihn quälte eine neue Melodie des Blutes und die Frage, wie seiner Schwester Ilwa zu helfen sei. Er konnte nicht verstehen, daß seine Brüder das Leid Ilwas nicht rührte. Sie strichen ihr wohl zärtlich über die blassen Wangen und nannten sie ‚arme, kleine Ilwa-Schwester'. Waren sie aber aus der Türe, schienen sie Ilwa vergessen zu haben.

So lag Walfrid eines Tages unter dem tiefblauen Himmel, hoch oben auf einer Düne. Die nur flach ausgewehte Sandmulde begrenzten sacht nickender Strandhafer und blaugrün schimmernde Gräser, die gleich zweischneidigen Schwertern ihre Spitzen in den Himmel stachen.

Walfrid stützte sein Kinn in eine Handfläche und malte, vor sich hingrübelnd, Zeichen und Figuren in den Sand. Dann legte er sich auf den Rücken und blinzelte in das grelle Sonnenlicht. Plötzlich stieß eine Möwe in die Tiefe, als hätte die Sonne sie gezeugt und in das Himmelsblau hinausgeschleudert. Ihre weißen Schwingen leuchteten. Ein kaum merkliches Fächeln der Flügelspitzen trug sie zur Sonne empor; doch schon sank sie wieder in die Tiefe, als könne sie das grelle Licht nicht vertragen. Nach einem Ruheplatz äugend, schwebte sie über die flimmernde Dünenkette. Walfrids Augen folgten gebannt dem majestätischen Gleiten, Sinken und Steigen. Nun schwebte die Möwe über der ‚Ungezähmten', auf deren Spitze in voller Pracht die Wunderblume atmete. Da! Die Möwe schoß jäh auf die Dünenspitze hernieder, brach mit scharfem Schnabel die Kostbarkeit und erhob sich mit der Beute in die Lüfte.

Walfrid war entsetzt aufgesprungen; aber dann durchzuckte ihn eine freudige Ahnung, deren Sinn ihm noch verborgen blieb. Er wußte nur: Du darfst die Möwe nicht aus den Augen verlieren. So folgte er gespannt jeder Bewegung. Der Vogel ließ sich auf dem Strande nieder, auf dem sich eine Möwenschar zwischen Steinen und farbig schimmernden Muscheln von Tangbüscheln ihre Nester gebaut hatte. In eines ließ der Vogel seine Beute fallen und stieg wieder zum Lichte empor. – So weite Sprünge hatte Walfrid noch nie getan! Als er vor dem Nest kniete, welches die Blüte zudeckte, umfing ihn solch ein starker Duft, als hauche ein ganzes Feld Seewermut seinen Atem in den Sommerwind.

Vom strahlenden Rot der Blüte geblendet, schloß Walfrid die schmerzenden Augen, dann wandte er sich um und schaute aufs Meer hinaus.

Während er noch zögerte, die Blume zu berühren, fiel aus dem Himmel etwas Weißes nieder und blieb auf dem Strande liegen. Walfrid eilte hinzu und erkannte die Möwe, die die Wunderblume gebrochen hatte. Sie schlug mit den Flügeln, lief im Kreise herum und blieb dann wie lauschend stehen. Da bemerkte Walfrid, daß die Möwe erblindet war. „Der Glanz der Wunderblume hat ihr Augenlicht zerstört", dachte Walfrid erschreckt, „ich muß vorsichtig sein, wenn ich die Blume zu Ilwa bringen will, auch ihr könnte ein Leid geschehen, vielleicht ist der betäubende Duft giftig."

Als er die Blume aus dem Neste hob, schien sie ihm nicht mehr so frisch und strahlend. „Wie rasch sie verwelkt", dachte Walfrid betrübt, „auf der Düne hätte sie noch lange geprangt."

Er fand Ilwa am Wasser sitzen, wo kleine Wellen träge über ihre nackten Füße liefen. Rasch wandte sie sich um, als ihr der Wind Walfrids Stimme zutrug. Aber da weiteten sich ihre Augen vor Staunen und aufblitzender Freude. „Walfrid, du, du hast sie mir geholt? Komm, laß mich schauen, ob ihre Schönheit die prüfende Nähe erträgt, laß mich atmen den Duft!" Sie wiegte die Blüte in ihren Händen, sie sog tief den süßen Hauch in sich hinein, und das Glück färbte ihre Wangen rosenrot. Dann legte sie die Blüte vorsichtig in den Sand, der von weit auslaufenden Wellen feucht war, sprang zu dem stumm dastehenden Bruder, warf ihre Arme um seinen Hals und jubelte: „Ich danke dir, Walfrid, ich danke dir!"

Sie küßte ihm Wangen, Stirn und Mund, ließ dann aber erschrocken von ihm ab. Errötend schauten sie aneinander vorbei und fanden kein befreiendes Wort. Da bückte sich Ilwa nach der Blüte – doch diese war verschwunden. Eine kecke Welle hatte sie aufs Meer hinausgetragen. Weit draußen schwamm sie in der Dünung. Walfrid und Ilwa schauten so lange aufs Meer hinaus, bis das leuchtende Rot ihren Blicken entschwunden war.

Dann sprang Ilwa davon, ohne ein Wort mit dem Bruder gesprochen zu haben. Ihr Herz wollte jubeln und konnte es nicht, ihre Lippen wollten „Bruder, lieber Bruder" flüstern, und doch vermochte ihr Mund diese Worte nicht zu sprechen. War es Bruderliebe gewesen, die aus seinen Augen zu ihr gesprochen hatte? Ilwa grübelte Tag und Nacht, warum sie diesen Bruder auf andere Art liebte als die anderen fünf. Walfrid ging es nicht viel anders. Seine Gedanken drehten sich nur um Ilwa und um das neue, erregende Gefühl, das ihn zu seiner Schwester zog. Schon am nächsten Tag trat er vor den Vater und bat, aufs Meer hinausfahren zu dürfen.

Warum schaute ihn nur der Vater so prüfend an? Er schritt, die Hände auf dem Rücken verschränkt, zu einer eisenbeschlagenen Truhe, blickte auf sie nieder und sprach mit schwankender Stimme: „Fahre hinaus, mein Sohn , laß dir den Wind um den Kopf brausen, und bist du dann noch derselbe, dann sollst du etwas erfahren, das dir vielleicht Leid, aber auch Glück bringen wird!"

Obwohl zwei Tage vergangen waren, seit das Schiff sich in der Endlosigkeit des Meeres verloren hatte, spürte Ilwa noch den schmerzenden Druck von Walfrids Hand. Seine Augen hatten ernst dreingeschaut, während seine Lippen zu lächeln versuchten. Schloß Ilwa die Augen, so spürte sie Walfrids vertraute Nähe. Ihr war's, als säße er ganz nahe bei ihr und striche sich mit ungeschickter Gebärde eine Haarsträhne aus dem Gesicht.

Nun, da er fort war, erinnerte sie sich gern aller Geschichten, die er erzählt hatte, um ihr über die Sehnsucht nach der Wunderblume hinwegzuhelfen.

Oft wanderte sie ruhelos grübelnd durch die engen Räume des Hauses. Eines Tages erinnerte sie sich der eisenbeschlagenen Truhe. Schon oft hatte sie das Verlangen gespürt, den Inhalt zu betrachten. Nun wollte sie endlich Mutters Kleider anschaun, die darin aufbewahrt sein sollten. Der eichene, eisenbeschlagene Deckel war sehr schwer. Sie vermochte es kaum, ihn zu heben. Ein eigenartiger Geruch strömte ihr entgegen. Da lagen farbige Kleider, ein Gewand schien kostbarer und schöner als das andere. Ein meergrünes Kleid gefiel ihr am besten. Sie schlüpfte schnell hinein, löste die roten Flechten und stellte sich vor, die verstorbene Mutter zu sein. Noch einmal beugte sie sich in die Truhe hinein und suchte nach Schuhen. Da fand sie auf dem Boden der Truhe ein Bündel. Sie zog es hervor, und ein Ruf des Erstaunens kam von ihren Lippen. Ein goldblonder Zopf umschloß zusammengelegte Kinderkleider. Sie löste die Schlinge und entfaltete Hemdchen, Höschen und Jäckchen gegen das abnehmende Licht des Tages. Sie merkte nicht, daß die Türe sich geöffnet hatte und der Vater wie erstarrt ihrem Treiben zuschaute. Fast wollte ihm das Herz im Leibe stille stehn, als er sein verstorbenes Weib vor sich knien sah. Es hob, wie eine leibhaftige Anklage, die Sachen des Kindes, dessen Mutter durch seinen räuberischen Überfall den Tod gefunden hatte, gegen das Licht. Aus dunkler Truhe zog sie alte Schuld, die er längst vergessen hatte. Tief seufzte er auf. Da wandte Ilwa sich um und gewahrte den Vater. „O, Vater, sag, wer von meinen Brüdern trug diese Kleider, und wem gehörte dieser goldblonde Zopf? Die Brüder haben mir doch erzählt, daß Mutter Haare gehabt habe, die aufgelöst sie wie ein rotflammender Mantel umschlossen. Sie hätten immer geglaubt, daß Mutter bei Sonnenuntergang im Meer gebadet habe, wobei ihre Haare die Farbe der rotgoldenen Wogen angenommen hätten."

„Komm, Ilwa, komm zu deinem Vater, ich muß dir erzählen, was ewig zu verbergen ich gedachte." Schwer stützte sich der starke Mann auf die Truhe, zog seine Tochter dicht an seine Brust, und seine Worte schwebten über Ilwas Scheitel, stockend, dann aber fließend und wie befreit, einer Beichte gleich, in den dunkelnden Raum. Er erzählte vom Kampf auf wildem Meere, von der toten Frau und Walfrids Einzug in das kinderreiche Haus.

Ilwa blieb ganz still. Sie lächelte. Sollte sie dem Vater sagen, daß er Unrecht getan, obgleich sein Geständnis sie glücklich machte?

Nein, sie brauchte nichts zu sagen. Der Vater strich so zart, wie es seine groben Hände nur vermochten, über ihren Kopf und sprach: „Ihr dürft mich nicht richten, das Leben wird auch euch vor Schuld und Reue, Leid und schwindendem Glück nicht bewahren. Aber ich weiß, Walfrid wird mir um deinetwillen verzeihen, meinst du nicht auch, mein Kind?"

Da schlang Ilwa ihre Arme um des Vaters Hals, und sie stammelte ihre Liebe, die ihr sündvoll erschienen war, in des Vaters Gewand und weinte vor Freude. Jetzt erschien ihr ihre Liebe rein und klar wie der Tautropfen am Blütenrand, und sie durfte sie der Sonne und den Vögeln zeigen.

„Warte nur, bis Walfrid wiederkommt", tröstete sie der Vater , „ich glaube, dann wird das Lachen nimmer enden und alles Dunkle aus diesen Räumen verscheuchen."

Wie glücklich Ilwa war! Kaum konnte sie den Tag erwarten. Leichtfüßig sprang sie singend hinunter zum Strand, obgleich der Regen ihre Kleider durchnäßte und über das Gesicht lief, bis sie schließlich nicht wußte, ob es Tränen des Glücks oder Regentropfen seien.

Der nächste Tag brachte einen gewaltigen Sandsturm mit sich. Ilwa vermochte es kaum, auf den Füßen zu stehen. Sie mußte sich an eine Düne lehnen und fest in ein Tuch einwickeln, denn der Sand drang wie mit tausend Nadeln auf sie ein. Obgleich ihr die Augen schmerzten und der Atem schwer ging, sang sie in den Sturm.

Dann kamen Tage, da sie fast verzweifelte. Sie sah ihr Glück gleich der Woge im durstigen Sande verrinnen.

Längst schon war die Zeit verstrichen, die auf Walfrids Wiederkehr hatte hoffen lassen. Doch jeden Tag eilte sie hinunter zum Strande, hielt die Hand über die Augen und spähte aufs Meer hinaus, bis die Augen zu schmerzen begannen und Tränen den Blick verdunkelten.

So huscht sie auch heute noch zwischen Dämmerung und Tag über die Dünen, späht, hofft, wartet. Dann wirft sie den grauen Spitzenschleier ins Meer, läuft über die Dünenkette dorthin, wo um grünumsponnene Sandhügel das erwachende Licht zaghaft spielt, wirft sich weinend darüber hin und verschwindet klagend, wenn die Sonne am Himmel emporsteigt.

Avila, die weiße Möwe

Jeder kennt die weißen Möwen, die pfeilschnell über dem Wasser dahinschießenden Wasservögel. Blüht irgendwo am Himmel ein zartes Lächeln auf, dann ist es eine Weißgefiederte, die der Sonne Leuchten trinkt. Aber niemand kennt die Möwe Avila, noch niemand hat etwas von ihr gehört. Selbst die weißbärtigen Fischer, die an schönen Sommerabenden am Watt sitzen, ihre Pfeife rauchen, über das Wetter sprechen und alte Seemannsweisheiten austauschen, die Mütterchen am Spinnrad, denen das Meer so manches Leid, so manches Geheimnis zugeraunt hat, die Mädel und Burschen, die nach heftiger Sturmnacht am Saume des Meeres entlanglaufen, nach Strandgut Ausschau halten und den tanzenden Schaumflocken bis zu den Dünen nachjagen, wissen nicht, daß die Möwe Avila ein schöner, aber Unheil bringender Vogel war.

Doch es war kein gewöhnlicher Vogel, denn er trug eine menschliche Sehnsucht im Herzen und liebte es, mit ausgebreiteten Schwingen wie eine weiße Blume am Himmel zu stehen, als wäre sie dort gewachsen und gehöre nirgendwo anders hin als gerade dort in die Unendlichkeit des blauen Firmaments; und dann, als hätte eine unsichtbare Hand sie gebrochen, taumelte sie nieder zur Erde, fing sich im Sturze und glitt wie ein blitzender Pfeil über dem Meeresspiegel dahin.

Vom Strande, aus den Dünen und Wolken klang dann der Lockruf vieler Vögel: „Avila, komm und spiel mit uns, was suchst du allein auf dem weiten Meer?“ Avila jedoch kümmerte sich nicht um das gefiederte Volk, sie gehorchte nur dem Ruf ihres Herzens. Der Wind trug sie so willig dahin, als wäre sie sein liebstes Kind. Er streichelte das Federkleid und flüsterte viel Seltsames in Avilas Ohren.

Ja, nur der Wind hatte das Wesen Avila in beiderlei Gestalt gekannt. Den *Vogel* Avila hatte er oft bei seinen Flügen aufs Meer hinausbegleitet, das *Mädchen* Avila hatte er von Kind an gekannt und gern mit ihren schwarzen Haaren gespielt.

So wild wie Disteln und Schleierkraut war Avila zwischen Dünen und Meer aufgewachsen. Fast schien sie übermütiger als ihre Spielgefährten. Ganz plötzlich konnte in ihre Augen ein seltsamer Glanz steigen. Dann warf sie sich in den hellen Sand, breitete die Arme aus, so weit sie es nur vermochte, und lauschte dem Pochen ihres Herzens. Ein überwältigendes Gefühl wollte die Brust zersprengen und zwang Avila, das Gesicht fest in den Sand zu pressen, die Hände weit über den sonnenwarmen Sand zu breiten, ihn spielend zu greifen und im Winde verrieseln zu lassen.

Dann glaubte sie, nicht nur das Pochen ihres Herzens zu spüren, sondern auch den Pulsschlag des Meeres.

O, wie sie das Meer liebte, den Strand, die Dünen, den Himmel darüber, der jeden Tag ein anderes Gesicht zeigte und doch derselbe blieb, alles gütig überspannend.

Sie konnte Zeit und Spielkameraden vergessen und im Anblick der untergehenden Sonne, der wandernden Wolken, des ewig flutenden Meeres versinken. „Komm Avila", neckten die Jungen und Mädel, „du starrst noch ein Loch in den Himmel."

Alf aber , der keckste unter den Knaben, sprang um Avila herum und rief: „Träumling, schau nicht in die Sonn', plötzlich fliegst du uns davon!" Kam Avila abends heim, pflegte die Großmutter, da doch irgend etwas gesagt werden mußte, erst ein wenig zu schimpfen und ließ ihren Redestrom mit den Worten verebben: „Gott weiß, was aus dir noch werden mag!"

Avila lächelte dann nur stumm vor sich hin. In ihren Augen lag noch der Glanz der untergehenden Sonne, ihre Seele war trunken vom flüssigen Gold des Meeres. Sie hörte den Strandhafer klagen, das Meer rauschen, den Wind geheimnisvoll flüstern, als wolle er etwas von ihr.

„Geh' nicht schlafen", hatten ihr die Möwen zugerufen, „gleich teilt der Mond die Wolkenhügel und wird Insel und Meer versilbern."

Der Knaben liebstes Spiel war es, am Strande nach Möweneiern zu suchen oder einen Vogel mit Pfeil und Bogen aus dem Himmel zu holen. Mit viel List und guten Worten bewegte Avila die Räuber, ihr die Möweneier zu schenken oder, wenn es gar nicht anders ging, bot sie als

Ersatz ihre bunten wenigen Habseligkeiten – schön gezeichnete Muscheln, seltenen Bernstein oder farbig gemaserte Steine – an, nur, um die geraubten Eier in die Nestchen zurücklegen zu können.

Schnitzten sich die Knaben Pfeile, so brach Avila sie heimlich entzwei und sprang frohlockend davon, wenn ihr der Wind den Wutschrei der Geschädigten zutrug.

Wieder einmal war die Sonne gerade aus dem Wattenmeer emporgestiegen und nahm strahlend den vielfältigen Dank der Erde in Empfang, als Avila schon auf einer Düne lag und durch die steifen Halme der Gräser, wie durch ein Gitterwerk, auf den Strand hinunterblickte. Die Möwen hatten den Nachtschlaf aus dem Gefieder geschüttelt und sich aus ihren Nestern erhoben. Wie eine weiße Wolke schwebten sie wild gackernd über dem Wasser dahin und äugten hungrig nach einem Morgenbissen aus. Da bemerkte Avila den Knaben Alf. Er hockte mit gespanntem Bogen hinter großen Findlingen. Seine vom Jagdfieber glänzenden Augen suchten ein Opfer. Das Glück war ihm hold. Aus einem Nest erhob sich eine junge Möwe, dem Knaben ein sicheres Ziel bietend. Schon flog der Pfeil, begleitet vom jauchzenden Triumphgeschrei des Knaben. Mit klagendem Ruf flatterte der Vogel auf den Strand nieder.

Alf aber eilte davon, denn der Mutter Stimme rief schon ein zweites Mal mahnend zur Morgensuppe, er durfte nicht länger zögern, sonst war ihm eine Ohrfeige gewiß.

Avila flog klopfenden Herzens die Düne hinab, beugte sich zu dem verwundeten Tier nieder, und siehe da, der Pfeil hatte durch das dichte Federkleid hindurch nur leicht die Haut verletzt, ohne eine Sehne zu zerreißen. Avila entfernte den Pfeil und ermunterte den Vogel, die Kraft der Schwingen zu erproben.

Zögernd hüpfte die Möwe über den Strand, breitete die Flügel aus und erhob sich in die Lüfte, um gleich darauf wieder vor Avila niederzuschweben. Mit dankbaren Augen schaute sie das Mädchen an, öffnete den Schnabel, und Avila vermochte zu verstehen, was der Vogel sprach:

„Ich will dir nicht mit Worten danken, mein Geschenk soll dir ewiger Dank sein. Sooft du den Wunsch verspüren wirst, eine Möwe zu sein, wird dir sogleich ein Federkleid wachsen und dich in jene Höhen tragen, die dir heute unerreichbar scheinen. Nur darfst du zu keinem Menschen über dieses Geschenk sprechen, es sei denn, du wärest dieser Gabe überdrüssig, und ihr Verlust würde dir nichts bedeuten."

Solches sprach der Vogel, hüpfte in sein Nest und steckte den Kopf unter den kranken Flügel.

Avila stand wie verzaubert, wagte sich nicht zu rühren und wußte nicht, was sie denken sollte. Doch dann reizte es sie, die Wahrheit des Geschenkes zu erproben, und der alte heimliche Wunsch stieg brennend in ihr auf: Ach, wäre ich eine weiße Möwe, pfeilschnell zwischen Wolken, Meer und Wind! Schon spürte sie, daß ihr Körper sich zu verändern begann. Der Beine bemächtigte sich eine plötzliche Schwäche, die Arme wurden von zunehmender Stärke gestählt. Dann aber schwang sie sich beglückt in die blaue Weite hinauf und lauschte ihren Jubelrufen nach, die der Wind rasch über Dünen trieb, obwohl sie mit dem krächzenden, hungrigen Möwengeschrei nichts gemein hatten, sondern klangvoll Glück und Sehnsucht ihrer Seele verrieten. Jetzt schien es Avila, als hätten all ihre Wünsche nur in dem einen Ziel gegipfelt, sich der Erdgebundenheit auf Verlangen entreißen und mit menschlichen Augen die Welt aus der Vogelsicht betrachten zu können.

Avila lernte, sich in der Gestalt eines Vogels wohler zu fühlen als in der, die ihr Gott gegeben hatte. Zu ihrem Denken und Fühlen gesellte sich das eines Vogels.

Weilte sie einige Stunden im kleinen Fischerdorf, dann kam sie sich recht überflüssig, fast wie ausgestoßen vor, da sie das Sorgen und Streben der Leute, ihren Kampf um das Dasein, um oft kleine, nichtige Dinge, so schien es ihr, kaum noch verstehen konnte. Sie glaubte, das Maß, nach welchem die Menschen alle Ereignisse, ihr ganzes Leben zu bewerten pflegen, zu verlieren. Oft packte sie Angst vor dem Unverstandensein, dem Alleinsein. Sie war nicht Vogel, nicht Mensch; glaubte sich ausgestoßen aus jeglicher Gemeinschaft und begann, die Möwengabe in stillen Stunden zu hassen.

So mußte es doch noch etwas anderes geben, etwas, das glücklicher machen könnte als ein Paar weiße Möwenschwingen. Mit einem Herzen voll Sehnsucht nach Dingen, von denen sie nur eine unklare Vorstellung hatte, war Avila in ein Alter gekommen, das die Großmutter das heiratsfähige Alter nannte. Sie ermahnte die Enkelin immer wieder, nicht die Unnahbare zu spielen. „Ich sah gestern den Tod zwischen den Dünen steh'n und mir zuwinken", flüsterte die Alte, „meine Zeit ist dahin, und doch mag ich nicht eher geh'n, bis ich dich wohl versorgt weiß. Laß es dir sagen, daß dieses Leben sich zu zweien besser ertragen läßt. Da ist der große, blonde Fischer. Ich sah ihn schon oft um das Haus gehen und nach dir Ausschau halten. Aber du hattest ja nur Augen für die gakkernde Möwenschar und den Glutball der untergehenden Sonne. Ich möchte nur wissen, was es da immer zu schauen gibt? Ist die Sonne nicht alle Abende gleich? Und das Möwenvolk bleibt doch immer weiß und dumm. In all den Jahren deiner Kindheit müßtest du dich doch daran satt geschaut haben. Nun habe endlich einmal Sinn für andere Dinge. Hast du schon mal in des Fischers Augen geschaut? Er hat gute, treue Augen und liebt dich. Aber was machst du dir aus Liebe. In deiner Mutter Adern floß nicht solch kaltes Blut."

Gequält blickte Avila auf. Wußte denn die Großmutter überhaupt, welche Gedanken der Enkelin Herz bewegten, daß das Dasein der alten Frau ihr so unentbehrlich schien wie das warme Leuchten der Sonne, das weiße Licht des Mondes. Was sprach sie aber von Liebe zu einem anderen Menschen? Konnte denn das Gefühl, das sie für den Fischer Alf empfand, die Liebe sein, von der die Großmutter als dem größten Geschenk Gottes sprach?

Da brannte aber eine andere Glut in ihrem Herzen, und sie wußte nicht, welcher Art sie sei. Konnte eine Macht diese Glut löschen oder war sie in ihr Herz gelegt worden, um einmal mit heller Flamme auflodern zu können, damit der Sehnsucht ein Ende bereitet werde?

Während Avila grübelte, kam der Tod und führte die sich nur schwach sträubende Großmutter leise aus der Hütte.

Nun war Avila ganz allein. Sie konnte es nicht fassen, daß der Seewermut nicht an Duftkraft verlor, die Sterne ungerührt die gleichen Bahnen zogen und die Sonne, ob dieses traurigen Ereignisses, weiter zu lächeln vermochte. Dann saß Alf an ihrer Seite, tröstete die Fassungslose, und Avila spürte, daß sein zärtliches Lächeln, der Klang seiner Stimme, das Wehen seines Atems die Stille beseelte.

Als er dann eines Abends ganz behutsam ihre Hände ergriff und ruhig fragte, ob sie seine Frau werden wolle, schien ihr seine Nähe unentbehrlich geworden zu sein, und doch war ihr „Ja" nur ängstliches Flüstern, und ihre Hände zuckten in seinen großen Fäusten wie gefangene Vögel.

Dann kam die Zeit, da sie den Tod der Großmutter überwunden hatte. Sie erwachte wie aus einem dunklen, schweren Traum zum blühenden Leben, und neben ihr lebte ein Fremder, der Liebe von ihr verlangte, dessen Zärtlichkeiten wie kümmerliche Samen in ihr Herz fielen und keine Früchte, nach denen der Mensch sich sehnt, zu treiben vermochten.

Saßen sie abends vor der Hütte, dann wuchs die Stille wie ein drohender Schatten zwischen ihnen auf. Sehnsüchtig erwartete sie dann sein allabendliches Gähnen, welches ihm Auftakt zur Nachtruhe war. Gar oft mischte sie den Saft eines Krautes, das nur an windgeschützten Stellen hinter den Dünen wächst, unter das Nachtmahl ihres Mannes, so daß eine lähmende Müdigkeit von Gliedern und Augen Besitz ergriff und der Mann sich früher als gewöhnlich zu Bett legte. Dann erst lebte sie auf, wurde die alte Avila, die staunend dem längst verklungenen Farbenspiel der Sonne nachsinnen konnte.

Sie fühlte sich verlassener als zuvor. In ihrer Verzweiflung entsann sie sich der Möwengabe, wie sie das Geschenk des Vogels kurz zu nennen pflegte, und trug ihr unruhiges Herz über dem Meeresspiegel dahin.

Der Mann wußte sich mit Avilas langem Ausbleiben abzufinden.

Die Großmutter hatte gar oft von der seltsamen Art des Mädchens gesprochen. Hatte ihn, den beständigen, sicheren, festen und gegenwartsnahen Mann, nicht gerade Avilas fremdartig scheinendes, in die Ferne schweifendes, zum Träumen und Sinnen geneigtes Wesen angezogen?

„Sind erst mal Kinder da, so wird sie schon häuslich

werden", dachte er, klopfte die erloschene Pfeife auf seinem Holzschuh aus und machte sich an sein Tagewerk.

Es geschah aber, daß sich ein Unglück auf den schmalen Rücken der Möwe schwang und mit ihr über das Meer flog.

Avilas Freude waren die kleinen Schiffe drunten auf dem Wasser. Sie blähten eifrig ihre Segel und pflügten, ihrer Flinkheit gewiß, stolz die Wellen. O, dieser Stolz! Mit Avilas Augen gesehen, schaukelten sie doch nur wie schwache, unbeholfene Nußschalen auf dem Meeresspiegel. Rasch ließ sich Avila sinken, streifte mit den Flügelspitzen das braune Leinen der Segel, umkreiste das Schiff einige Male und hockte sich dann auf der Mastspitze nieder. Die kleinen, flinken Augen blickten neugierig umher. Kein Mensch war auf dem Schiff zu sehen. Doch nein, dort am Steuer stand ein Mann mit braunem, sehnigem Hals und einem blonden Haarschopf. Da spürte Avila das Verlangen, das Gesicht dieses Mannes zu sehen, Worte aus seinem Munde zu hören.

„Du darfst dieses Schiff nicht betreten", flüsterte der Wind, und sein Atem ging so rasch, als hätte Eifersucht ihm diese Worte eingegeben, oder war es nur Sorge um Avilas Wohl?

„Ich fühle, daß etwas geschehen muß", widersprach Avila, „mein Herz ist zu weit, mein Sinn zu unruhig, als daß ich immer auf jener Insel leben könnte, an der Seite meines schweigsamen, unbeholfenen Mannes. Weshalb wurde mir die Sehnsucht ins Herz gelegt?" „Auf daß du sie bezwingen lernst!" „Nein, damit ich ihrem Rufe folge!"

Nach diesen Worten hüpfte der Vogel aufs Deck des Schiffes, streifte sein Federkleid ab, und das Mädchen Avila schritt auf den Mann am Steuer zu. Wie von einer unsichtbaren Gewalt gelenkt, wandte er seinen Kopf und schaute erstaunt, ja etwas erschreckt auf Avila.

„O, konnte es möglich sein, soviel Leuchten, soviel Kraft und Himmelsblau in einem kleinen, kleinen Menschenauge?" Avila bebte wie ein Halm unter dem Hauch des Windes. Der Steuermann mußte zuspringen, um die Taumelnde zu halten.

„Wo kommst du her?" fragte er rauh, „noch nie sah ich ein schöneres Mädchen!" Avila hatte sich schnell gefaßt und zum ersten Mal in ihrem Leben wagte sie es, in ihre Augen alle Sehnsucht des Herzens zu legen und einen Mann mit aller Innigkeit ihres Wesens anzulächeln.

„Du darfst nicht fragen", flüsterte sie, „ist es nicht gleich, ob ich eine Meerjungfrau bin, ein Menschenkind, ein Wesen des Lichtes oder der Tiefe? Ich wollte nur dein Angesicht schauen, und so du willst, sollst du mich nimmer wiedersehen!"

„Du hast recht, wie darf ich fragen, wenn Schönheit rätselvoll in lieblicher Gestalt sich zeigt. Doch glaub ich, schwer wird dies Rätsel nicht zu lösen sein. An deinen Küssen werde ich erkennen, ob du ein Mensch bist so wie ich." Er beugte sich über sie, und die sonst so spröde Avila ließ es geschehen, daß er sie küßte. Der Wind zauste ihre langen Locken und schlang sie wie schwarze Schlangen dem Mann um den Nacken. Beide merkten es nicht, daß der Wind sich voll Zorn mit dem Sturm verbündete und gewaltige Wellen sich erhoben. Als dann die ersten schweren Brecher über das Deck des Schiffes rasten, stürzte auch schon der Mast, vom Sturm zersplittert, ins Meer.

Der Mann gab hastig das Mädchen frei. Ein böser Spuk war es, ein Traum, der ihn genarrt und seine Pflicht vergessen ließ? Ernüchtert wandte er sich um, doch nein – da stand sie noch und klammerte sich schreckensbleich ans Steuer. In ihren Augen las er Furcht und Entsetzen des sterblichen Menschen. Da packte ihn der Zauber wieder. Er streckte seine Arme aus, um die Geliebte schützend zu halten. Da rollte ein Brecher über das Schiff und riß den Mann mit sich ins Meer. Avila löste die verkrampften Hände vom Steuer, schlüpfte in ihr Federkleid und schwang sich klagend in die windzerfetzten, jagenden Wolken hinauf. Geschickt entwand sie sich dem mächtigen Arm des Sturmes und irrte suchend über die wildbewegten Wellenberge dahin; doch keine Woge hob den Geliebten empor.

Als Avila abends in ihrem Bett lag, die Hand des Mannes sich zu der ihren stahl,wandte sie sich wild schluchzend ab und weinte das schreckliche Erlebnis in ihr Kissen hinein, bis mit den Tränen alles zu einem undeutlichen Traum zerrann.

Als der Morgen sich aus taufrischen Gräsern hob, dehnte Avila die Glieder den ersten kecken Sonnenstrahlen entgegen. Sie spürte aber, daß irgendetwas mit ihr geschehen war. Vergebens versuchte sie, sich der letzten Tage zu erinnern. Nur einen Reigen schemenhafter Bilder sah sie vorüberziehen. Sie wollte eines greifen, wollte es zwingen, vor ihrem Auge deutlich zu erstehen. Vergebliches Bemühen! Wie eine Traumwandlerin trieb es sie hinaus aufs Meer, denn sie fühlte, daß nur dort sich das Rätsel lösen würde. Ein grausames Schicksal hieß sie, das schreckliche Geschehen wohl ungezählte Male zu erleben. Die Möwe Avila sah viele Männer, die alle ein anderes Angesicht trugen, im Meer versinken. Kaum, daß sie ihn gefunden, nach dem ihr Herz sich sehnte, verschluckten ihn die gierigen Wellen. Der Mensch Avila aber träumte in kurzen Nächten von einem Gesicht, dessen Mund sie viele Male geküßt. Klagende Augen blickten sie an, als wollten sie sagen: „Komm, such mich, laß mich nicht allein im weiten Meer, deine Liebe wird mich zu finden wissen!"

Am Morgen wußte Avila nur, daß verworrene Träume sie gequält hatten.

Wie aber das stete Wehen des Windes der Dünen Antlitz verändert, so hatte es der stete Unmut vermocht, das Herz des Mannes zu verwandeln.

Eines Morgens, Avila war lachend davongesprungen und hatte versprochen, bald wieder da zu sein, trat ihr Mann, seinen Zorn kaum meisternd, in die Hütte. Alles, was er auch sah und anfaßte, steigerte seinen Unmut. Er fühlte, daß etwas geschehen müsse, es sei denn, sein Herz würde erhärten.

Rasch griff er zum Pfeil, spannte den Bogen, wie er es oft als Knabe getan, und hielt nach einem Vogel Ausschau, damit dieser im Tode den Unmut des Mannes davontrage.

Da schwebte eine Möwe herbei. Groß und prächtig war sie anzuschaun und blieb mit gebreiteten Schwingen wie eine weiße Blume am Himmel hängen. Der Mann glaubte, die bernsteingelben Augen leuchten zu sehen. Zornig schickt er seinen Pfeil in die Luft. Dann sah er sie stürzen, die weiße Möwe. Ihr Schrei klang wie der eines verwundeten Menschen. Immer größer wurde das fallende Weiß und

schien die Gestalt eines Menschen anzunehmen, dann sank es ins Meer.

Das Herz des Mannes durchzuckte ein eisiger Schreck, und doch vermochte er nicht das seltsame Geschehnis zu erklären.

In dieser Nacht war es das erste Mal, daß seine Hand die warme, kleine Avilas suchte und fröstelnd auf kühles Linnen griff.

Der Mondschein fiel weiß durch das niedrige Fenster, legte sich schwer auf Diele und Lagerstatt; da strömte Meereskälte durch den Raum, und als der Mann sich ahnungsbang und seufzend aus den Federn hob, so schien es ihm, als hätte ein Lichtstreif, blasser als des Mondes Schein, ganz schmal und hoch am Fenster gestanden.

Die Stranddistel

Kahl sind die Dünen, unfruchtbar und stumm! –

Das sagtest du zu mir. Wie konnt ich dir die Worte übelnehmen, da du die Dünen nur von Bildern kanntest und, als du diese Worte sprachst, zum ersten Mal sie greifbar nahe in der Sonne flimmern sahst.

Ich gab den Rat, die Dünenwelt dir zu erwandern und lauschend ihre Stimme zu suchen – und ich versprach, dir heute von Meringa zu erzählen, der du beim Wandern ganz gewiß begegnet bist . . . –

Meringa war die Tochter des Seeräubers Puan. Früh hatte sie die Mutter verloren und wuchs, inmitten einer Schar wilder Brüder, wie ein Knabe auf. Von einer Fahrt zurückkehrend, brachte eines Tages der Vater Manon mit, ein zierliches, schwarzhaariges Kind, das von einem Vollmond zum anderen Meringas Sprache erlernte wie ein Lied mit brausenden Klängen und harten, aber klaren Worten.

Manon bewegte sich so anmutig, trug ihr Gewand so leicht und gefällig geschlungen, daß auch Meringa daran Gefallen fand und die Knabenkleider ablegte. Der Vater freute sich, wenn er die Mädchen Hand in Hand über den Strand wandern sah, wenn sie auf einer Düne standen, über das Meer schauten und der Wind die blonden und schwarzen Locken ineinander wehte.

Saß Meringa sinnend da, dann plauderte Manon wie eine geschwätzige Welle. Sammelten die Mädchen Holz am Strand oder Beeren zwischen den Dünen, so lag Manon bald müde im Sand, rief Meringa Scherzworte zu, und diese drohte lachend, ihr den Mund mit einer Qualle schließen zu wollen. „Seeungeheuer" nannte Manon die Quallen und Krebse, die Seesterne und Krabben und lief schreiend davon, wenn Meringa ein Tier aus dem Wasser griff, um es der Freundin zu zeigen.

Abends aber, wenn die Mädchen und Frauen am Feuer saßen, mit Mühe und Geschick die Flöckchen des Wollgrases zerzupften, Fäden daraus drehten, Stoffe webten oder Netze knüpften, lauschten sie gerne Manons Geplauder.

Unheimliche Geschichten wußte Manon zu erzählen, daß es allen kalt über den Rücken lief, und die Ängstlichen schreckten sogar bei jedem Geräusch zusammen.

Da es schwierig war, einen langen Faden zu drehen, ging die Sitte um, daß die geschickteste Spinnerin sich etwas von einem der umhersitzenden Burschen wünschen durfte, und die jungen Männer legten ihre Ehre darein, diesen Wunsch zu erfüllen, auch wenn es sie Kampf, Entbehrung, List und Mühe kostete.

Meringas Brüder schauten oft in den Frauenraum, brachten Freunde mit und zeigten sich zu jedem Spiel und Scherz bereit; doch von Manons Geplauder hielten sie nicht viel und erklärten, davonlaufen zu wollen, wenn sie noch mehr Geister erwecke. Dann baten die Männer Meringa, die Lieder von kühnen Fahrten und heimlicher Liebe zu singen, und diese ließ die Wollgrasflöckchen rasch vom Schoß zur Erde gleiten. Beim Spinnen wurde sie doch nie die Erste, weil ihre Gedanken, den Möwen gleich, ruhelos zwischen Himmel und Erde schwebten.

Sie setzte sich zum Singen in den dämmernden Teil des Raumes. Im Schutz der Dunkelheit verlor sie ihre Scheu und fand in jedem Antlitz, jedem Mienenspiel, im Schein der Flammen widerleuchtend, ein neues Lied.

Doch ein Gesicht, nur halb ihr zugewandt, das suchten ihre Augen immer wieder. Ein Freund der Brüder war's, der dieses Antlitz trug. Er wurde Kai genannt, und selten sahen ihn die Frauen, da er ein eigenes Schiff besaß und mit dem Meer vertrauter war als mit dem Lande.

Er schien Meringa den Brüdern ähnlich, und doch war etwas an ihm, das sie erröten machte, wenn er die Hand zum Gruß ihr reichte und ruhig in ihr Antlitz schaute. Trat er zur Tür herein, dann fühlte sie ihr Herz gleich schneller schlagen.

Doch auch Manon fand Wohlgefallen an dem jungen Mann. Sie blickte ohne Scheu in Kais Gesicht und suchte keck nach einem Lächeln. Und Kai? Er schaute ruhig in die Flammen, er lauschte aufmerksam Meringas Liedern und prägte jeden Klang und jedes Wort sich ein. Schon als Knabe hatte er sich dem Meere anvertraut, ihm jedes Leid geklagt und jede Freude zugerufen. Nun wollte er dem

Meer von seiner Liebe sprechen, den Wellen und dem Wind Meringas Lieder singen. – –

Dann war wieder ein Spinnabend herangerückt. Die Frauen und Mädchen saßen wie immer im Halbkreis um das Feuer, die Männer scherzten und tauschten lachend Erlebnisse aus, und Manon zeigte einmal wieder, daß ihre Hand genauso flink wie ihre Zunge war.

Plötzlich stieß Manon einen Freudenschrei aus, daß alle erschreckt im Gespräch verstummten. Sie sprang auf eine Bank und hielt stolz blickend einen Wollgrasfaden in ihrer Hand. Dieser zeigte die Länge eines ausgewachsenen Mannes. Einen solch langen Faden zu spinnen war noch keiner Frau gelungen. Bewundernd umringten alle Manon und drückten ihr erfreut die Hände.

Da zupfte Meringa an der Freundin Gewand: „Manon, du darfst dir etwas wünschen, doch überlege es dir gut, denn selten findet sich ein Wollgrasflöckchen wieder, das, mit Geschick gedreht, solch langes Fädchen gibt."

Still ward es in dem Raum, daß das Knistern der Flammen laut wurde. Alle Augen richteten sich auf Manons Gesicht. Überlegend faltete Manon die Stirne, unentschlossen schürzte sie die Lippen, strich die Haare aus den Augen und wies dann mit rascher Handbewegung auf Kai:

„Bring du mir eine Robbe, doch lebendig muß sie sein, von einer Seehundsbank aus dem Meer, ich will es dir danken!"

Schreck und Bestürzung prägte sich auf allen Zügen aus: Manon, wie kannst du solches verlangen? Im Kampf mit den Robben kam schon mancher vom Leben zum Tod, doch ist es noch niemandem gelungen, eine Robbe lebend auf unseren Strand zu bringen! –

„Gelang es euch denn schon, einen Faden von dieser Länge zu spinnen? Nun, mir ist's gleich! Ich dringe nicht auf die Erfüllung meines Wunsches, betrachtet ihn als Scherz, und Kai erlaß ich Kampf und Mühe."

Nun suchten alle Augenpaare Kai, doch dieser war nicht mehr zu finden, und als Meringa, von banger Ahnung erfüllt, hinunter zum Strande lief, da sah sie Kais Schiff auf dem Meere treiben – hell zeichnete sich des Mannes Gestalt gegen das aufziehende Unwetter ab.

Obwohl nicht mehr über dies Geschehnis gesprochen wurde, wich jeder Manon mit Unmut aus, denn niemand hatte ihren Wunsch gebilligt.

Meringa spürte betrübt den Sprung, den ihre Freundschaft zu Manon erlitten hatte, und konnte es nicht verstehn, daß die Freundin ohne Reue fröhlich jeden Tag ertrug.

Und eines Tages flatterte die Nachricht in den Frauenraum: Kai kommt! Hei! Wie stob da der Schwarm der freudig erregten Frauen hinunter zum Strand – allen voran Manon. Aber war das Kai, der auf sie zuschritt mit zornig funkelnden Augen? Ihre ausgestreckte Hand nicht beachtend, sprach er spöttisch: „Da hat sie ihre Robbe!" – Dabei wies er auf vier Jünglinge, die in einem Käfig das von Gefangenschaft und Fahrt erschöpfte Tier trugen. Nur als Meringa auf Kai zutrat und ihm die Hand reichte, leuchteten des Mannes Augen freudig auf.

Ein großes Fest mit Tanz und Spiel wurde auf den nächsten Tag angesetzt. Jeder durfte uneingeladen erscheinen und von dem Seehundsbraten kosten.

Manon trug ein feuerfarbenes Gewand, im dunklen Haar schimmerte eine Perlenkette. Meringa zeigte sich ausgelassen froh, sie spürte ihr Herz heftig unter der blaugrün schillernden Seide ihres Kleides pochen, und vor freudiger Erregung färbten sich ihre Augen fast schwarzblau.

Als die Sonne hoch im Mittag stand, trat Meringas Vater, von allen der „Alte Puan" genannt, in die Mitte des festlichen Kreises und gab Kai ein Zeichen, die am Spieß gebratene Robbe zu zerlegen und jedem Gast eine Probe zu reichen. Manon preßte Meringas Arm und folgte jeder Bewegung des Mannes. Sie hoffte auf ein Zeichen seiner Gunst, denn seit er heimgekehrt als Held, gefiel er ihr noch besser als zuvor. Jetzt legte Kai das Herz der Robbe auf eine Platte, schritt auf sie zu, und Manon spürte ihr Herz fast bis zum Halse schlagen, doch dann – dann raste es enttäuscht gleich doppelt schneller. Manon ließ rasch den Arm der Freundin sinken, denn mit höflicher Geste reichte der Mann Meringa die Platte. Heimlich schalt Manon die Freundin eine Hexe, die durch Zauber Kai zu sich gelockt, und gelobte, sich zu rächen für alle sanften Blicke und freundlichen Worte, die doch nur Verstellung und Lüge gewesen waren.

Noch in derselben Nacht lief Manon hinunter zum Strand. Hier war sie einst dem Wassermann begegnet. Dieser hatte sie angerufen und gefragt, ob sie wohl wüßte, wo eine blonde Maid zu freien sei. Damals war Manon ängstlich davongesprungen. Heute aber wollte sie den Wassermann rufen und sich mit ihm verbünden.

Die Nacht ward nur fahl von einer Mondsichel erhellt, die sich oft hinter Wolkenbänken verbarg. Manon brauchte nicht lange zu rufen. Ihr rachsüchtiges Herz überwand die Furcht, als sich der Wassermann plump vertraulich näherte. Ihre flinke Zunge wies auf seine Frage vor einigen Wochen hin und wußte ihm Meringa so lieblich zu schildern, daß sein kaltes Blut gleich wärmer wurde. Er dachte gähnend an die Nixen auf dem Meeresgrund mit kaltem Leib und fahlen, glatten Haaren. Meringa käme ihm gerade recht. Er würde durch die Locken grüne Wasserpflanzen winden und sich die Langeweile zu vertreiben wissen.

Nachdem er mit Manon besprochen hatte, auf welche Weise er Meringa gewinnen könnte, trennten sie sich, und der Wassermann schenkte ihr zum Abschied einen Bernstein, dessen durchsichtige Mitte eine Libelle umschlossen hielt. Manon steckte sich den Stein in die Tasche ihres Gewandes und mischte sich dann unbefangen unter die späten Gäste.

Es war beim Schlafengehen, als etwas zu Boden fiel und vor Meringas Lagerstatt rollte. Manon hatte beim Ablegen ihres Gewandes den Bernstein fallen lassen, den nun Meringa betrachtete. „Sag, Manon, wo hast du nur den Stein her? Selten wirft unser Meer solch kostbares Stück auf den Strand!" „Ja, Meringa, du mußt früh aufstehen und an den Strand gehen. Nach Norden zu wird er ganz schmal. Da sah ich gestern noch mehr solcher Steine im Blasentang leuchten. Ich hatte nur keine Lust, mich nach allen zu bücken. Doch mußt du vor Sonnenaufgang am Meere sein, sonst kann's geschehen, daß andere vor dir die Steine finden."

So sprach Manon, legte sich auf ihr Lager und schlief ruhig ein, denn sie ward sich der Wirkung ihrer Worte bewußt, da sie Meringa als leidenschaftliche Sammlerin schön geformter Muscheln, Perlen und Steine kannte. Und wirklich, kaum daß der Morgen graute, erhob sich Meringa und lief hinunter zum Meer. Schon hatte sie den Strand erreicht, als ein Jüngling auf sie zukam und schon von weitem grüßte. Es war der Wassermann, der eine wohlgebildete Gestalt angenommen hatte, um Meringa an sich zu locken. Wenn es ihm gelang, den Ring, den er in seiner Tasche trug, auf ihren Finger zu streifen, dann war sie in seiner Gewalt, und keine Macht der Welt konnte ihm das Mädchen wieder entreißen. Doch Meringa spürte, daß es mit dem Jüngling etwas besonderes auf sich habe; und als er ihr die Hand zum Gruß reichte, drehte sie sich um und lief davon. Erstaunt blickte der Wassermann ihr nach und gelobte sich, nächstes Mal klüger zu sein. Eine Perlenkette wollte er mitnehmen und rasch auf ihren Arm streifen.

Er schlüpfte in die Gestalt eines alten Weibleins und ächzte kräutersammelnd über die Dünen. Schließlich begegnete er einer Schar lachender Jugend. Meringa kniete abseits der anderen Mädchen im dichten Kraut der Rauschelbeeren und pflückte eine Beere nach der anderen in den Mund. Plötzlich erklang eine Stimme hinter ihrem Rücken: „Ach Kind, kannst du mir wohl helfen, den Korb über die steile Düne zu tragen?" Meringa wandte sich um und erblickte ein altes Kräuterweib, das kläglich die gichtknotigen Hände ausstreckte. Rasch sprang das Mädchen auf – doch als es den Arm nach dem Korbe ausstreckte, schillerten die Augen der Alten so unheimlich, daß Meringa erschreckt die Hand zurückzog und zu den Gespielinnen lief.

Dem Wassermann war die Kette beim Herausziehen aus der Tasche zerrissen. Verstreut lagen die Perlen im Rauschelbeerkraut, und stöhnend mußte er sich bücken und sie aufsammeln. Erst als er sie gezählt hatte und festgestellt, daß keine Perle fehlte, kam ihm so recht zum Bewußtsein, daß sein Versuch, Meringa zu gewinnen, ein zweites Mal mißglückt war. Vor Ärger wurde er grasgrün, und die Augen quollen fast aus dem dicken Kopf heraus. Doch dann schwor er sich, ein drittes Mal viel klüger zu sein und alles an das Gelingen seines Planes zu setzen.

Meringa hatte sich wohl über den Jüngling und die Kräuterhexe gewundert; doch nachdenkend schalt sie sich ängstlich.

Vater und Brüder rüsteten wieder zu einer Fahrt. Meringa trug Kleidung und Brot zum Schiff, war schon einige Male über die Dünen hin und her gelaufen, als sie in einer Sandmulde ein Kind mit einer Muschelkette spielen sah. Hätte sie geahnt, daß der Wassermann sie mit dieser langen Kette fangen wollte, wäre sie wohl nicht zu dem Knaben gelaufen. Da sie aber Kinder von Herzen gern hatte, sprang sie in die Sandmulde und bewunderte die Kette, an der so schöne Muscheln hingen, wie sie nur je in einem Meere wachsen können. Plötzlich klirrten die Muscheln. Die Kette flog durch die Luft und hätte sich um Meringas Schultern gelegt, wäre sie nicht zur Seite gesprungen. Dann aber lief sie so rasch, wie es ihre Beine nur vermochten. Als sie sich einmal umwandte, sah sie den Wassermann in seiner wahren Gestalt auf sie zueilen. Jetzt wurden ihr die Zusammenhänge der letzten Geschehnisse klar, und Entsetzen wollte ihre Füße lähmen, denn sie merkte, daß der Lauf des Wassermannes an Schnelligkeit gewann. Schon wehte ihr der heiße Atem in den Nacken. Da flehte sie in ihrer Verzweiflung den Himmel um Rettung an.

Kaum war die Bitte ihrem Munde entschlüpft, als sie spürte, daß ihre Füße zu wurzeln begannen. Ihre Arme streckten sich und trieben Blätter. Um ihr Haupt wuchs ein Kranz spitzgezackter Blütenbläter. Wildschnaufend, schon triumphierend hatte der Wassermann seine Arme nach dem Leib der Fliehenden ausgestreckt, als er in die Luft griff und fast über die eigenen Beine gefallen wäre. Suchend blickte er um sich. Da sah er zu seinen Füßen eine Pflanze von seltsamer Art und Schönheit blühen. Er ahnte ihre Herkunft und wollte sie zornbebend ausreißen. Aber schon zog er mit schmerzverzerrtem Gesicht die Hand zurück. Sie hatte sich an den harten, mit Stacheln versehenen Blättern blutig gerissen. Unverrichteter Sache mußte er in sein Reich zurückkehren und sann dort auf einen Ausweg. Wütend peitschte er das Meer auf, jagte Wogen auf den Strand. Sie sollten ihm die Blume holen. Alles vergeblich! Auf hoher Düne wurzelte unanfechtbar die wehrhafte Pflanze. Nun schickte der Wassermann seinen Freund, den Sturmwind, über das Land. Die Düne sollte er wegtragen, die Wurzeln der Pflanze bloßlegen, Saft und Kraft aus Stengel und Blättern saugen. Nur ein Stückchen wanderte die Düne, fest und sicher ankerte die Wurzel metertief im Dünenleib. Zum Schutz gegen die nach Feuchtigkeit lechzenden Winde überzogen sich die Blätter mit einer Wachsschicht.

Meringa blieb seit diesem Tage verschollen. Der Vater, die Brüder und Kai durchsuchten rufend Strand und Dünen. Eines Tages erblickte Kai eine seltsame Pflanze. Er hatte sie zuvor nie gesehen und nannte sie Stranddistel. Eine unerklärliche Gewalt zwang ihn, niederzuknieen und in das große, dunkelblaue Auge der Blüte zu schauen. Er beugte sich über die Pflanze, und seine Lippen murmelten: „Du schaust mich mit Meringas Augen an, du trägst Meringas grünblau schillerndes Seidenkleid – sag, bist du Meringa?"

Doch ward ihm keine Antwort, und als eine Träne auf das Blütenauge fiel, schimmerte sie darin wie in einem Menschenauge, das den Mann traurig und hilflos anschaute. Da erhob sich Kai, lief zu seinem Schiff und kehrte niemals wieder.

Manon aber glaubte Meringa in des Wassermanns Gewalt. Nun, da auch Kai ihr verloren war, erfaßte sie Reue und sie erinnerte sich der sorglosen Jugendzeit, da ihr Meringa Freundin und Schwester gewesen war. Oft lief sie von Qual gehetzt zum Strand hinunter und rief verzweifelt: Gib mir Meringa wieder! Als Antwort tönte nur höhnisches Lachen aus der Tiefe, denn zugegeben hätt' es nie der Wassermann, daß ihm der Plan mißlungen war.

Manon wurde stiller von Tag zu Tag. Erschien sie zu Spinnabenden, dann rückten die Frauen von ihr ab und flüsterten: Sie hat den Bösen im Leib. –

Schließlich umnachtete sich ihr Geist. Nur an Tagen, wenn der Sturm um die Mauern brauste, an Türen und Läden rüttelte und Sand durch alle Fugen trieb, dann wurde sie geschwätzig – wie in der Jugendzeit. Durch die Räume wandernd, hielt sie Zwiesprache mit Meringa und gebärdete sich so, als schritt die Freundin ihr zur Seite, und nach unverständlichen, abgerissenen Worten hörten die Lauschenden immer wieder die Klage aufklingen:

Aus dunkler Saat fallen dunkle Früchte,
sie wachsen in eine Qual hinein, die ewige Reue heißt!
Wer hieß mich, dunkler Same zu sein?
Aus hellem Keim entfalten sich Blüten,
sie streben in ein Licht hinein, das ewige Sonne heißt!
Wer wehrte mir, heller Same zu sein?
Doch qualvoller ist es, aus beidem zu wachsen,
in dämmernder Tiefe vom Licht nur zu träumen,
in lichtvoller Höhe nur halb sich entzünden,
denn Schatten der Tiefe entzünden sich nie!

Und eines Nachts lief Manon zum Strand hinunter. Ihr war, als hätte Meringa sie gerufen. Sie schritt ins Meer hinein, ging immer weiter, und als das Wasser ihr schon bis zum Munde reichte, erhob sich eine schaumgekrönte Welle und trug das Mädchen weit ins Meer hinaus. Manon ertrank nicht – nein, sie lebt noch heute. Wenn ihr die Wellen schwatzen hört, so ist es nur Manons Geplauder, das nimmermehr verstummen darf, denn sonst erfaßt den Wassermann die Langeweile und statt Manons gelocktes Haar zu strählen, zerrt er daran, und weinend bittet die Gequälte um Verzeihung.

Doch auch Meringa lebt noch heute. Sie wurzelt fest im Dünensand, sie trotzt dem Wind, der seinen Auftrag nicht vergessen kann, und kommt ein Mensch daher und will sich eine Blüte brechen, dann wehrt sie sich und kratzt auch ihm die Hände wund – wie einst dem Wassermann.

Die Geschichte von den Rauschelbeeren

Wer je seinen Fuß auf Sylter Boden gesetzt hat, der kennt die Krähenbeeren, denn wuchernd überziehen sie die Dünentäler und windumbrausten Hügel der Insel. Wer aber in Puan Klent war, der wird die Rauschelbeeren nie vergessen und sich oft der Stunden erinnern, da die Sonne über eilenden Wolken stand und auf den gebeugten Rücken niederbrannte. Eine unerklärliche Gewalt trieb ihn Beeren sammelnd über die Dünenkette. Die hartschaligen, herb schmeckenden Früchte gewannen einen süßen, erfrischenden Geschmack. Unermüdlich wurden die dunkelglänzenden Beeren von den Zweigen gestreift. Trotz blauen Mundes hieß es immer wieder: „Kommt, wollen wir rauscheln geh'n?"

Doch habt ihr einmal nachgedacht, was es wohl mit den Rauschelbeeren auf sich haben mag?

Denkt euch, ich saß auf einer Düne und blickte hinunter auf die wild anrollende Flut. Ich achtete nicht des Sandes, den der Wind mir ins Gesicht trieb, nicht der Gräser, die, vom Winde bewegt, über Arme und Beine strichen. Doch immer wieder zog es meinen Blick nach den graugrünen Rauschelbeerdünen – bis eine Lachmöwe meine Aufmerksamkeit auf sich zog. Kichernd kreiste sie über meinem Kopf, als habe sie meine Gedanken erraten und mache sich über mich lustig. Plötzlich war sie verschwunden. Als ich suchend in den Himmel spähte, da fiel es hell aus dunklen Wolken nieder, fing sich im Flug und strich gackernd auf mich zu. Sie war es, die silberhelle Lachmöwe! An ihrem Kichern erkannte ich sie wieder. Doch hinter ihr, da schwebte eine Mantelmöwe. Sie war besonders groß und schön. Die Augen sprühten in einem Licht, das Stolz und Trauer verriet. Mich durchzuckte der Gedanke, daß in diesem Vogel nur die Seele des sagenhaften Seeräubers Puan verzaubert sein könne.

Ich wagte kaum zu atmen. Auch als der Vogel sich mit starkem Flügelschlag auf meine Schulter setzte, sprang ich nicht auf. Ich hatte das Gefühl, als hätten sich die Dünengräser um meinen Leib geschlungen und hielten mich gefesselt.

Da begann der Vogel zu sprechen. Menschliche Laute kamen aus seinem Schnabel. Ich glaubte zu träumen. Doch nein! Fast schmerzhaft spürte ich die Krallen seiner Füße, und das Gewicht des Vogels drückte meine Schulter.

Dann aber vergaß ich Furcht und Staunen. Des Vogels Worte wurden mir verständlich. Sie fügten sich zu Sätzen, dann zu Bildern. Sie riefen Tote, lang Vergessene ins Leben. Ich sah in bunten Tüchern fremde Frauen schreiten. Dunkelbärtige Männer traten auf mich zu. Ich sah, was selbst die Träume mir noch nie gezeigt. Ich hörte das, wonach mein Ohr vergebens oft gelauscht – und das Geheimnis von den Rauschelbeeren ward mir kund:

Als die Seeräuberei noch auf allen Meeren zu Hause war, die Insel Sylt ihre Arme noch weiter ins Meer hinausstreckte, überzog die Dünen, genau wie heute, die grüne Bürste der fruchttragenden Rauschelbeergewächse. Damals aber trugen die Beeren ihren Namen mit Recht, denn eine Kraft, nach streng gehütetem Rezept befreit, verwandelte den herben Saft zu edlem Wein.

Wenn die Seeräuber – sie nannten sich Wogen- oder Wagemänner – mit reicher Beute heimkehrten, die klammen Hände und gichtigen Knie am prasselnden Feuer wärmten, so reichten ihnen die Frauen in irdenen Krügen den Rauschelbeerwein und tranken selber lachend mit. Für einige Stunden vergaßen sie dann die Sehnsucht nach der Heimat, denn viele Frauen waren vom heimatlichen Strande geraubt worden oder an Bord überfallener Schiffe den Seeräubern willkommene Beute gewesen.

Der Rauschelbeerwein stieg rasch in die Köpfe, machte sie leicht und löste den wortkargen Männern die schweren Zungen. Der dämmernde Raum schien vom Gewirr und Lärm der Reden fast zu bersten. Die Augen blitzten, Würfel rollten, und achtlos floß der Wein, im Schein der Flammen rot und schwer wie Blut, über die Seehundsfelle.

Einige Frauen lagerten sich um die Älteste ihres Geschlechtes. Sie allein kannte das Geheimnis der Weinzubereitung. Das Rezept hatte ihr die Mutter auf dem Sterbelager zugeflüstert. So wollte auch sie es machen. Die älteste Tochter, gleich ihr mit Verschwiegenheit und seltsamen Kräften gesegnet, würde das Geheimnis wohl zu bewahren wissen.

Die Alte, Puans Großmutter, verstand es, aus der metertiefen Wurzel des Strandhafers oder der Strandgerste einen heilkräftigen Trunk zu brauen. Pflanzenteile des Seewermutes wurden getrocknet und besprochen. In einem Beutel um den Hals getragen, sollten sie den Männern Schutz vor Verwundungen bringen und Glück auf stürmischer See. Unter Zusatz von Meersenf, Sonnentau, Fettkraut oder Blasentang bereitete die Alte Wundsalben. In kurzer Zeit heilten die Wunden blutiger Kämpfe. So stand die alte Frau in hohem Ansehen und wurde von allen verehrt. Ging es auf Fahrt, dann mußte sie Rat erteilen. Die Kranken und Gefangenen wurden ihr anvertraut.

Es ging so lange gut, bis Puans Vater in die schlimmen Jahre kam. Von Jugend auf kannte er schon Hartherzigkeit und Jähzorn. Erst als er sich eine Frau von der nahen friesischen Insel geholt hatte, gelang es ihm, seine rohen Eigenschaften zu zügeln. Meraune wußte durch einen lächelnden Blick sein zornentstelltes Gesicht zu glätten. Die klobigen, von Wind und Wetter gebräunten Fäuste konnten zärtlich die langen, rotschimmernden Zöpfe ergreifen und spielend um die Arme winden. In bunte Gewänder hüllte er sein Weib. Kein Kleid erschien ihm schön genug. Um den Hals legte er kostbaren Schmuck, daran Blut und Tränen klebten.

Eines Tages, der Knabe Puan saß der Großmutter zur Seite, stürzten Frauen weinend in den Raum. Sie warfen sich der Alten zu Füßen, daß die nassen Haare den Boden feuchteten, und berichteten klagend von Meraunes Tod. Puan, der seine Mutter über alles liebte, brach in Tränen aus und verbarg sein Gesicht in Großmutters Schoß.

Singend waren die Frauen zum Strande gezogen, um ihre Wäsche zu spülen. Als dann die Arbeit beendet war, verlangte es Meraune nach einem erfrischenden Bad, und alle Frauen stimmten freudig zu. Im Kreise der Gespielinnen und Mägde hatte dann beim Baden eine Riesenwelle die übermütig lachende Meraune umgeworfen und mit sich fortgezogen. Als die Frauen sich am Strande gefunden hatten, die schweren Haare aus den Augen strichen und um sich schauten – erst da wurden sie gewahr, daß sich das Meer ein Opfer aus ihrem Kreise geholt hatte.

Kaum hatten die Frauen zu Ende berichtet, erscholl ein furchtbares Lachen. Erschreckt wandten sich alle zum Eingang. Da stand Puans Vater. Seine wuchtige Gestalt füllte die Türöffnung. Obwohl ein krampfhaftes Lachen den Körper erschütterte, liefen Tränen über das bärtige Gesicht. Erst, als der Mann die Blicke aller Frauen auf sich ruhen fühlte, wandte er sich um und stürmte über die Dünen davon.

Dem kleinen Puan blieben vor Schreck die Tränen in den Augen stecken. Ängstlich klammerte er sich an die Großmutter.

Nun begann eine schlimme Zeit. Der Alte fuhr nur noch aufs Meer hinaus, um sich dafür zu rächen, was es ihm angetan.

Puans Großmutter wurde mit jedem Tag stiller. Ihr Rat galt nichts mehr, wenn nur die Kübel mit Rauschelbeerwein bereitstanden, um die heimkehrenden Seeräuber zu neuen Fahrten und grausamen Plänen anzufeuern.

Die Schätze häuften sich. Nahrungsmittel verdarben. Die Männer kämpften nicht mehr nur um das, was ihnen zur Erhaltung des Lebens auf kärglichem Boden erforderlich schien. Die Kleidung zeugte von blutigen Kämpfen. Gefangene brachten die Seeräuber nur selten heim. Die Fische und Vögel sollten ihren Anteil haben.

Eines Abends, der Mond hatte sich zum zweiten Mal gerundet, seit die Seeräuber die Insel verlassen hatten, trug der Wind den lauschenden Frauen das Johlen der heimkehrenden Männer zu. Im Mondlicht zogen sie gleich Schatten über die Dünen heran und führten in ihrer Mitte Gefangene mit sich.

Es waren zwei halbwüchsige Knaben und ein Mädchen. Flehend streckten die Gefangenen den Frauen die Arme entgegen und klagten in unverständlichen Worten. Als die Frauen die Kinder in ihren schützenden Kreis ziehen wollten, befahl der Alte das Weiberpack hinaus und sammelte seine Saufkumpane um den Rauschelbeerwein.

Kühl rann der blutschwere Saft die Kehle hinab. In Feuer

sich verwandelnd, so glaubten es die Männer, verlangte er nach Kühlung durch neuen Wein. Der Durst ließ sich nicht löschen. Bis in die Augen stieg der Rauschelwein. Die Luft erschien gefärbt von einem tiefen Rot, in welchem Schattenbilder und grelle Lichter tanzten.

Was in der Halle vor sich ging, kann niemand beschreiben. Die Lauschenden hörten nur scharfe Schreie und Flüche, Wimmern und donnerndes Gelächter.

Puan hatte sich an die unbeweglich dastehende Großmutter gelehnt. Erregt schaute er in ihr Gesicht und taumelte gegen die Wand, als sie ihn hastig von sich schob, zur Halle schritt und die Türe aufriß.

Der Lärm verstummte. Nur schwaches Wimmern drang aus dunkler Ecke. Mit zornig blitzenden Augen und drohend erhobenem Arm schritt die Alte zum Fenster. Die aufgedunsenen Gesichter wandten sich der alten Frau zu, unter den schweren Lidern leuchteten die Augen auf und starrten gespannt auf den weißen, mageren Frauenarm, der das Fenster aufriß. Da drang auch schon heulend der Wind in die Halle, blies ins Feuer, daß die Funken stoben, den Betrunkenen ins Gesicht sprangen und die Bärte versengten.

Die Augen der Alten schauten indes auf die in Sturm und Mondlicht aufleuchtenden schwarz-weiß gefleckten Sandhügel, als könnten sie dort Rat und Hilfe finden. Dann aber wandte die Alte sich um, und der Wind schleuderte ihre Worte unter die Schar der Männer:

„Nun ist's genug. Ich hätte lang schon reden müssen. Das Alter war's, das mir die Kraft zum Sprechen nahm. Doch heute gibt es mir das Recht, euch zu bestrafen. Ich mag euch nicht verfluchen, da ihr ja Blut von meinem Blute seid. Doch das Geheimnis vom Rauschelbeerwein, das nehme ich mit mir ins Grab. War's nicht der Wein, der euch zu unmenschlichen Handlungen trieb? Hört! Allen Beeren, außer einer einzigen, soll durch mein Zauberwort die Kraft genommen sein, sich gärend in edlen Wein zu verwandeln. Könnt ihr den Feuertrank nicht mehr missen, so sucht diese Beere hügelauf, hügelab! Wer sie findet, dem wird mein Wissen kund. Zu gleicher Zeit soll dann der Zauber von allen Beeren weichen."

Still ward es in der Halle. Nur der Wind ging heulend durch das Fenster aus und ein. Wild flatterte der Alten weißes Haar. Da schoß eine Seeschwalbe in den Raum, angstvoll die Beute hütend, den scharfen Schnabel der nachfliegenden Raubmöwe schon im Nacken spürend.

Wie es dann weiter ging, will ich noch schnell verraten. Seit diesem Tage versiegten die Weinfässer. Der Grimm und die Kraft des alten Seeräubers waren gebrochen. Puan wuchs zu einem kräftigen Jüngling heran und steuerte das Schiff mit sicherer Hand durch die Wogen.

Sein Vater aber schlich mit gichtigen Knien und trüben Augen murmelnd und suchend über die Sandhügel. Oftmals blieb er stehen, betrachtete eine besonders große Beere, und die fast erloschenen Augen leuchteten auf. Prüfend zerdrückte er die Frucht auf der Zunge. Dann aber schüttelte er den Kopf und suchte ruhelos weiter, bis die Sonne ins Meer tauchte, die Mondsichel durch schwarzviolette Wolkenbänke drängte und einen funkelnden Silberspiegel über das ewig flutende Wasser warf.

Puan hatte Zeit seines Lebens den Rauschelbeerwein nicht kennengelernt. Ihm kam der Mut zu kühnen Fahrten aus der Kraft seines jungen Herzens. Er machte den christlichen Seefahrern das Leben schwer. Er scheute nicht den Kampf auf Leben und Tod; doch sagte man ihm keine Grausamkeiten nach.

Aber mit zunehmendem Alter schlich sich Goldgier in sein Herz und wurde Ratgeberin bei all seinen Entschlüssen. Hiervon weiß eine Sage zu berichten, die ich euch später mal erzählen werde. So beschloß auch Puan sein Leben im Kreislauf steter Schuld und Sühne, die ewig wechselnd wiederkehren.

Denn ewig rauscht das Meer, und ewig weht der Wind, und immer ist's die gleiche Melodie, die klagend die Gräser und den Strandhafer wiegt, mit den Möwen über die Dünen fliegt und nie unter den Wolken im Winde verklingt. Ruhelos streichen die Möwen über Dünen und Strand, scharf äugend nach nahrhafter Beute. Ewig blüht das Rauschelbeerkraut und trägt saftige Früchte.

Wer auch über die Insel wandern mag, immer wird er dem Zauber verfallen, dem Fluch der Alten, der heute noch auf den grünumsponnenen Dünen ruht. Wie unter einem Zwang wird er sich nach den Beeren bücken und sammeln – obwohl die Schale hart und der Saft herbe ist.

Und nur wer um den Zauber weiß, wird heimlich hoffen, die Beere zu finden, die allein allen anderen Erlösung von dem uralten Fluch bringen kann.

Was der Strandhafer klagt

Habt ihr mal was von Gunwalt gehört, dem jungen Seemann, dem Piraten der Nordsee? Ganz fremd wird er euch gewiß nicht sein, denn er ist überall und in jedem Jahrhundert zu Hause. Mit diesem Gunwalt aber, von dem ich euch jetzt erzählen will, hatte es etwas ganz Besonderes auf sich.

Vor langer Zeit, von der selbst Geschichtsbücher wenig zu sagen wissen, lief Gunwalt über die Dünen dieser Insel und wuchs so frei und sorglos auf wie die Möwen am Strand, die Fische im Meer.

Oft stand er auf der höchsten Wanderdüne, schützte mit der Hand die Augen vor dem blendenden Strahl der Sonne und schaute aus nach seines Vaters Schiff. Blitzten auf dem Meer zwei helle Segel auf, dann ließ er sich fallen und rollte rasch, sich oftmals überschlagend, die Düne hinunter, daß ihm am Strande alles vor den Augen schwankte. Während der Knabe sein Gleichgewicht wieder fand, legte sich die Wolke des aufgewirbelten Sandes sacht auf die Düne nieder.

Des Knaben Körper war von Wind und Sonne tief gebräunt und schimmerte wie dunkler Bernstein, und heller als der Sand lockte sich das Haupthaar bis zum Nacken.

Indes das Schiff des Vaters die Brandung überwand, lief Gunwalt winkend am Strand entlang oder sprang in die Wellen, schwamm dem Vater entgegen und lachte nur, wenn dieser drohend und warnend seinen Arm hob.

Erst als der Knabe mit Bogen und Pfeil aus dem Himmel Vögel schießen konnte, erst als es ihm gelang, vom Grunde des Meeres Muscheln zu holen und tauchend flinke Fische zu greifen – nahm ihn der Vater mit hinaus aufs Meer. Gunwalt lernte, im Sturm zu lachen und Durst und Hunger zu ertragen. Und war er wieder daheim, lag, von der Mutter umsorgt, auf Fellen überlisteter Robben, dann zogen seine Gedanken hinaus aufs Meer. Er sehnte sich nach Kampf, Entbehrung, nach dem schwankenden Boden unter seinen Füßen.

Wenn er dann in die Flammen starrte, dem Knistern und

dem Wispern lauschte, kam er ins Träumen. Er merkte nicht, daß die Schwestern und Mädchen aus der Nachbarschaft sich kichernd, einen Halbkreis bildend, um ihn setzten und erst, wenn eine Kecke ihn mit einem Grashalm kitzelte, schrak er aus seinen Gedanken empor.

Wollte er ärgerlich davonlaufen, dann hielten ihn die Mädchen fest und baten: „Erzähle uns doch was. Du weißt, wie es in der Welt und auf dem Meere aussieht, wir kennen nur die kleine Insel!"

Solch einstimmige Bitte schmeichelte dem Jüngling. Sonst schweigsam, stützte er nun sein Kinn auf den braunen Handrücken und erzählte, Erlebtes und Erdachtes sorglos durcheinander werfend, von kühnen Fahrten über und unter den Wogen, von dämonischen Wassermännern, grünhaarigen Nixen, die vergeblich versucht hatten, seinen Sinn zu betören. Und während Gunwalt erzählte, schaute er in die blauen, braunen und meergrünen Augen der Mädchen. Immer wechselnd stiegen ihm da neue Bilder auf. Er brauchte nur die Worte dazu finden.

Gunwalt merkte aber auch, wenn ihn ein Mädchen lokkend ansah, nicht nur mit leuchtenden Augen seinen Erzählungen lauschte. Er schaute sich alle Mädchen an und wußte nicht zu sagen, welches denn das schönste sei.

War nicht Arnaude so geschmeidig und flink wie ein Fischlein im Meer? Schillerten nicht Merulas Augen so schlangengrün und lockend wie die der Wassernixen? Und Rotraudes Lachen klang so zart und leise wie das Rauschen in seltenen Muscheln.

„Nicht leicht wird es sein, sich für eine zu entscheiden", so dachte Gunwalt und nahm sich vor, die Mädchen streng zu prüfen. Nicht nur auf Schönheit – nein, auch auf Verstand und Herz, und dann die Würdigste zu wählen.

Als er am nächsten Tag vom Schlaf im Dünengras erwachte, da stand, wie aus dem Boden aufgewachsen, Merlinde vor ihm. Sie schien ihm hell und biegsam wie eine Birke. Er erinnerte sich seines Planes und nahm ihr Erscheinen als günstiges Zeichen, mit seiner Prüfung und Wahl zu beginnen.

So bat er sie, sich an seine Seite zu setzen. Dann erzählte er von einem fernen Strand, wo hinter Dünen rotlila Heideflächen duften, wo Bäume wurzeln, die man Birken nennt und genauso schlank und biegsam wie Merlinde sind und auf silbernem Stamm zartgrüne Schleier schwenken. –

Doch eines Abends, die Sonne guckte nur noch mit der Nasenspitze aus dem Meer hinaus, da traf der kluge Freier Gunta. Sie kniete im Rauschelbeerkraut, streifte emsig die dicken, dunklen Beeren von den Zweigen. Als sie aufschaute, lachten ihn ihre Augen so schelmisch an, und ihr blauer Mund schalt ihn einen Faulenzer und Tagedieb, daß er sogleich versprach, ihr bei der Arbeit zu helfen. Bald hatte auch er einen blauen Mund. Doch das Beerenkörbchen füllte sich nur langsam, denn Gunwalt stellte verwundert fest, daß ein Kuß von blauen Lippen besser als von roten schmeckt. –

Dann fuhr er wieder aufs Meer hinaus und vergaß sie alle. Kehrte er heim, erinnerte er sich seines Planes und daran, daß es Zeit wäre, ein eigenes Nest zu bauen.

Wie sorgsam strich ihm Ortrud Heilsalbe auf die Wunden, und flog ihm ein Sandkorn ins Auge, dann brauchte sie nur die Hände darüber zu legen – und alles war wieder gut!

Oh, Gunwalt hatte es wirklich schwer. Wie sollte er sich entscheiden?

Kennt ihr die Mondnächte, die über den Dünen und dem ewig flutendem Meer nur selten wiederkehren? Dann wird selbst dem rauhen Gesellen Wind andächtig zumute. Ganz leise nur huscht er, vom Meer kommend, über die Dünenkette und hält vor Staunen den Atem an, denn zwischen wandernden Wolken schwimmt rund und ruhig der Mond. Blau und weich ist die Luft. Hell schimmern die Sandhügel im Lichte des Mondes, übersät von dunkelsamtenen Flekken. Unheimlich feierlich erscheint dem Wind die sonst vertraute Dünenwelt. Vorsichtig streicht er an den gläsern klirrenden Grashalmen vorbei, die wiegend das Mondlicht trinken, und rettet sich in eine Sandmulde, um dort bis zum Morgen zu ruhen.

In solchen Mondnächten wanderte Gunwalt über die Dünen. Er überlegte hin und her. Manchmal schien es ihm, daß er das Freien falsch begonnen hätte. Vielleicht, so dachte er, wäre es klüger gewesen, sich nach keinem Plan zu richten.

Der Wind ließ sich nicht stören, wenn Gunwalt hart an ihm vorbeistreifte. Sie hatten sich ja beide auf dem Meer kennen- und achtengelernt. Wie oft hatte Gunwalt in den Wind, der sich mit Bruder Sturm verbündete, gerufen: „Brause nur, ich fürchte dich nicht!"

Vielleicht wäre Gunwalt doch die Furcht gekommen, wenn er geahnt hätte, daß der Wind bisher nur ein wenig mit ihm und seinem Schiffe gespielt hatte. Der Wind hatte ein gutes Gedächtnis. Er konnte sich an alles erinnern. Indes er sich auf die andere Seite legte, murmelte er: „Warte nur, dich kriege ich noch, dir werde ich schon die hübschen Mädchen aus dem Sinn treiben. Des Meeres Wellen werden dich umarmen und tausend kleine Wellen deine Lippen küssen."

Kennt ihr den Sinn der friesischen Mädchen? Je kühler das Auge blickt, desto heißer schlägt das Herz. Doch laßt euch nicht täuschen: Von der Liebe zur Rache führt kein weiter Weg.

Die Mädchen, die zuerst einander eifersüchtig mißtraut und Abstand bewahrt hatten, schlossen sich nun zusammen und schworen dem Schwankenden, dem Treulosen Rache.

Damals war es so, daß sich jeder Seefahrer wünschte, als Möwe wiedergeboren zu werden. Mit ruhigem Flügelschlag über Dünen und Meer zu schweben, schien höchste Lust und Erfüllung eines wilden Lebens zu sein. Sooft Gunwalt an den Tod dachte, dieses geschah zwar nur sehr selten, erfüllte ihn das sichere Gefühl mit Trost, als Möwe weiterleben zu dürfen. Er empfand vor dem Tode kein Grauen, denn er öffnete ihm ja das Tor zu einer neuen, vielleicht schöneren Daseinsmöglichkeit.

Im Herbst rüstete Gunwalt mit seinen Gefährten zur letzten Fahrt vor dem Winter. Was schauten ihn aber nur beim Abschied die Mädchen so seltsam an? Doch hinweg mit den dummen Gedanken, das Meer braucht einen klaren Kopf!

Der Strand der Insel glänzte aus der Ferne nur noch wie ein helles Band. Als die Insel ganz verschwunden war, da hob der Atemzug des Meeres das Schiff immer heftiger. So ging es wohl zwei Tage lang. Der starke Wellengang ließ

nicht nach, und Gunwalt stand am Steuer, auf Wind und Wogen achtend.

Aber immer wieder erschienen ihm die seltsam blickenden Augenpaare der Mädchen. Er fühlte, daß seine Willenskraft erlahmte und einer anderen untertan wurde. Er ahnte nicht, daß sich die Wünsche vieler enttäuschter Mädchen zu einem starken Willen vereint hatten, und dieser begann, des Mannes Seele zu quälen.

Als dann der Sturmwind gewaltig daherbrauste, derselbe, der abends in friedlicher Mondnacht zwischen den Dünen geträumt hatte, gelang es Gunwalt nicht mehr, das Steuer zu halten. Als er einen Mann zu Hilfe rufen wollte, da sprang eine Woge auf ihn zu und riß ihn mit sich ins Meer.

Gunwalt sah noch, wie der Sturm mit gewaltigem Arm das Schiff umschlang und in die Tiefe stieß. Was nützten Gunwalt die starken Arme, mit denen er sich an die Wogen klammerte? Und als er mit letzter Kraft rufen wollte: „So werde ich eine silberhelle Möwe", da sprach eine andere Stimme in ihm:

„Strandhafer wirst du, deine Seele wird in schmalen Halmen zittern und nur leise singen dürfen. Du wirst lernen müssen, standhaft und treu zu sein, in Liebe an einem Ding nur zu haften. Metertiefe Wurzeln wird dein Fuß in die Düne senken, wird sich festklammern in den Sand und bemüht sein, die wandernde Düne zu halten."

Und übers Jahr, das Meer lag ruhig atmend im Sonnenschein, stand zitternd auf hoher Düne, von welcher Gunwalt oft aufs Meer nach seinem Vater ausgeschaut hatte, der erste Strandhafer.

Sehnend reckte er den schmalen Halm zum Meere hin. Dann aber neigte er sich der langsam wandernden Düne zu, und sein helles Haupt berührte fast den Sand.

Seine Treue wurde den Menschen zum Segen. Die Dünen, in welche er seine Wurzeln schlug, hielten im Wandern inne.

Machtlos hatten die Menschen zusehen müssen, wie die Wanderdünen fruchtbare Äcker unter sich begruben. Nun atmeten sie befreit auf und segneten den Strandhafer. Wer heute über die Dünen wandert, wird erleben, wie Fluch zum Segen wurde.

Nur in mondhellen Nächten wird das Klagen der gefangenen Seele laut, die sich im Strandhafer, dem treuen Liebsten der Düne, wiegt.

Der Muschelspiegel

Eida war das einzige Kind des Fischers Knutt Nessen. Ihre Zöpfchen zeigten erst die Länge von drei Flechten, als die „Schwarze Krankheit" ihr die Mutter nahm. O, sie wußte es noch ganz genau, wie schön es gewesen war, als Mei Nessen, ihre allzeit fleißige und fröhliche Mutter, gelebt hatte. Die Frauen der umliegenden Dünenhütten hatten gerne und oft an Mei Nessens Türe geklopft und sich zum Stricken oder Seilflechten eingeladen.

Das Strickedrehen aus dem langen Dünengras schien die rechte Beschäftigung zum Geschichtenerzählen – und darin war Mei Nessen unübertrefflich. Während die flinken Hände geschickt die raschelnden Gräser miteinander verbanden, war die Zunge nicht minder eifrig. Alte, fast vergessene Sagen lebten wieder auf. Fremde Geschichten und Lieder, die der Wind in die einsame Hütte zwischen den schützenden Dünen getragen hatte, gewannen durch Meis hell klingende Stimme neues Leben. Eida saß dann an der Mutter Schoß geschmiegt, lauschte mit weit aufgerissenen Augen den seltsamen Geschichten und vergaß gar oft, den Frauen das duftende, knisternde Dünengras zu reichen.

Eines Tages, in der Nacht hatte das Meer gebrüllt, der Wind höhnisch gelacht und feinen Sand durch kleinste Wandrisse in die Hütte getrieben, tauchten auf dem hellen Dünenkamm zum Wattenmeer zwei hohe Männergestalten auf. Ein Mann trug etwas auf dem Rücken. Als die Fremden näher kamen, wollte Eida schreiend davonlaufen, denn die schwarzen Augen blickten finster und herrisch aus dunkelbärtigen Gesichtern auf Mei Nessen, die aus der Hütte mutig den Fremden entgegentrat und zärtlich beruhigend das Töchterchen gegen die Hüfte preßte. Es wurden nicht viel Worte gewechselt, denn die harten Laute der Fremden waren der Mutter unverständlich. So mußte sie zuschauen, wie man ihr die Last, es war die leblos scheinende Gestalt einer Frau, vor die Füße legte und mit heiserem Lachen einen Lederbeutel dazuwarf.

Erst als die schwedischen Seeräuber – die Mutter vermutete, daß es solche gewesen waren – hinter einer Düne verschwunden waren, beugten sich beide zu der fremden Frau nieder, denn ein arger Schreck war ihnen doch in die Glieder gefahren.

Eida wurde um Rat und Hilfe zu Dorett Rink, einer alten, klugen Witwe, geschickt, die etwas von Krankheiten verstand und schon manchem mit ihren Heilkräutern und Salben neue Gesundheit geschenkt hatte.

Dorett kam, betrachtete lange und ernst die Kranke, wiegte den weißhaarigen Kopf hin und her und riet, die Fremde aus dem Hause zu geben.

„Aber wohin denn", rief Mei Nessen, „soll sie in den Dünen sterben? Das wäre Sünde! Ich muß die Kranke gesundpflegen. Wenn du mir aber helfen willst, dann nimm Eida zu dir, da wir die Art der Krankheit nicht kennen."

Nun ging alles überstürzend schnell. Eida wurde in ein schafwollenes Tuch gehüllt, welches auf den nackten Armen kratzte. Als sie das Gesicht zum Weinen verzog, drückte ihr die Mutter ein großes Stück frischen Stuwn in die Hand, zog neckend an Eidas Zöpfen und nahm ihr das Versprechen ab, bis zum Wiedersehen der Nachbarin eine brave Pflegetochter zu sein, was Eida auch schluchzend, zwischendurch bereits am süßen Stuwn kauend, versprach.

Bei Dorett gab es viel zu sehen. Ihr früh verstorbener Mann, der Kapitän auf einem großen Handelsschiff gewesen war, hatte aus fremden Ländern hübsche Dinge mitgebracht. Die Wände des Pesels zeigten buntbemalte Fliesen aus Holland.

Auf dunklen Holzborden prunkten flache, farbige Porzellanschüsseln und blankgeputzte Schalen aus getriebenem Messingblech, und Eida wünschte es sich sehr, nur einmal das blaugläserne Salznäpfchen oder das buntbemalte Bierglas berühren zu dürfen, welches Dorett Rinks Mann oft und gern mit Bier oder Schwetzkilk, einem Gemisch aus Branntwein, Bier und Sirup, hatte füllen lassen und mit einem Zuge bis zur Neige geleert hatte.

Oft war das Kind im Hause allein und fürchtete sich dann, weil ihr die dunklen, fremden Räume nicht vertraut werden wollten und es in den Holzwänden knackte. Drückte sie ihr Näschen an die in Blei gefaßten dunkelgrünen Fensterscheiben, dann erblickte sie grüne Dünen und einen grünlichen Himmel, sogar die Möwen trugen ein grünes Federkleid.

Abends legte Dorett Sülze und duftendes Roggenbrot auf einen blauen Porzellanteller und ließ das Kind sogar einen Schluck Warmbier trinken. Dann packte die Pflegemutter Eida in das muffig riechende Wandbett, und das Kind konnte lange nicht einschlafen, weil es an den toten Kapitän denken mußte, der einst in diesem Bett seine Glieder gestreckt hatte und hier auch starb, statt, wie er es sich stets gewünscht hatte, auf dem weiten Meer.

Eines Tages trat Dorett erregt in den Pesel, ergriff die Hände des Kindes und sagte mit zitternder Stimme: „Du mußt jetzt so lange bei mir bleiben, bis dein Vater vom Fischfang heimkehrt und bestimmt, was mit dir geschehen soll. Die fremde Frau starb vor einigen Tagen und hat nun deine Mutter nach sich ins Grab gezogen. Wir müssen Gott danken, wenn du und ich gesund bleiben und das Heidekraut auf den Gräbern pflegen dürfen. Es war eine schlimme Krankheit, die auf dem Festlande viele Menschen dahingerafft hat, wie wir erst jetzt erfahren haben."

Es drängte Dorett, des Kindes bleiches Gesicht, darinnen die Augen zu trüben Brunnen erloschen waren, tröstend zwischen ihre rauhen Hände zu nehmen. Dann aber hob sie Eida von der Bank auf, legte sie in das Wandbett und murmelte: „Wein nur schnell, dann wird der Blick wieder hell, wein und schlaf dich gesund!"

Bald kehrte Knutt Nessen mit seinem seetüchtigen Ewer vom reichen Fischfang zurück. Hart traf den Schweigsamen der Tod seiner jungen Frau. Er holte Eida zu sich in die einsame Hütte und schenkte Dorett den Beutel der schwedischen Seeräuber, ohne ihn geöffnet und auf seinen Wert hin geprüft zu haben. Von den Fremden war nur Leid gekommen. Vielleicht steckte ein neues Unglück in diesem Beutel. Auch Dorett verspürte kein Verlangen, in den Beutel zu schauen. Ungeöffnet warf sie ihn in eine dunkle Truhe.

Eida zeigte sich verständig und klug. Sie führte geschickt den kleinen Haushalt und verrichtete alle Arbeiten so ordentlich, wie es auch ihre Mutter getan hatte.

Der Herbst brachte Stürme, Schiffbrüche und Verwüstungen mit sich. Seeräuber trieben ihr Unwesen. Aufregende Neuigkeiten eilten von Hütte zu Hütte. Im Dezember begannen die Winterfreuden. Die heimgekehrten Junggesellen gingen nun auf Freiersfüßen. Tanzlustbarkeiten, Hochzeiten und Gastereien wechselten in bunter Folge. Die Seefahrer schlachteten die fetten Schweine. Es gab Grütze, Schinken, Eier und Kohl in Hülle und Fülle.

Knutt Nessen und seine Tochter Eida hielten sich dem fröhlichen Treiben meistens fern. Sie saßen mit Beginn der Dämmerung unter der matt leuchtenden Tranlampe im Pesel, streckten die Füße gegen die Feuerkieke unter dem Tisch, und während Knutt damit beschäftigt war, ein kleines Schonerschiff zu schnitzen, um es dann in eine bauchige, hellgrün schimmernde Flasche durch den engen Hals zu schieben, mühten sich Eidas Finger mit dem ersten Strickzeug ab. Es sollte eine warme Weste für den Vater werden. Die Wolle hatte die Mutter noch selbst gesponnen. Oft fielen Eida die Augen während der Arbeit zu, denn solch ein Winterabend verlief recht schweigsam. Dann klirrten die Stricknadeln zu Boden. Knutt hob sein Töchterchen sorgsam in das große Bett und deckte es mit einem Schafspelz zu.

Manchmal aber nickte auch der Vater am Tische ein. Erschreckend laut zerriß dann sein Schnarchen die Stille, daß Eida rasch ihr Strickzeug fortlegte, vor dem Vater niederkniete und ihm die Schuhe aufzuschnüren begann. Erwachend pflegte der Vater stets zu behaupten, noch nie im Leben geschnarcht zu haben. So vergingen die langen Winterabende.

Als der Frühling die Insel mit zartem Grün zu schmükken begann, traten die Männer nach dem Frühlingsfest ihre Seefahrten an. Knutt schenkte Eida zum Abschied sein kleines Kunstwerk – das Schiff in der Flasche. Eida hingegen zog dem Vater die Weste über den Kopf, die sie so viel Mühe und Geduld gekostet hatte.

Um Michaelis wurden Heu und Korn geerntet. Auch Eida fand man unter der Schar der Schnitterinnen. Sie lernte nach stillen Winterabenden, fröhlich und laut zu sein. Oft blieb sie mit erstaunten Augen stehen, um ihrem hellklingenden Lachen zu lauschen, das der Wind rasch über die Dünenkette hinwegwehte. Den Jungen und Mädeln ihres Alters schloß sie sich schwer an. Fragte man sie nach ihrer besten Freundin, dann hieß es: „Dorett Rink!"

Ja, die Alte wachte über das Kind, wie eine Möwe über ihre Brut. Sie weihte Eida in die Geheimnisse ihrer Heilkunst ein und lehrte sie, den Stimmen der Natur zu lauschen. Dorett war für ihr hohes Alter geistig und körperlich überaus rüstig. Keine Arbeit war ihr zu schwer. Bei der Heuernte aber geschah es, daß sie, eben noch Eida freundlich zunickend, lautlos in eine duftende Grasschwade sank. Eida flog wie ein Vogel herbei, kniete nieder und sah fassungslos in das friedliche Gesicht der alten Frau, die ihr Mutter und Freundin gewesen war.

Nach Wochen händigte ihr der Pastor einen alten Lederbeutel aus. Es war derselbe, den die schwedischen Seeräuber Mei Nessen vor die Füße geworfen hatten. „Den soll Eida nach meinem Tode erhalten", hatte Dorett zu Lebzeiten gesagt. Eida nahm den Beutel wortlos in Empfang und hängte ihn daheim hinter den Kachelofen. Sie wollte den Inhalt nicht haben, sie wollte den Beutel nicht sehen, der sie immer nur an den plötzlichen Tod der Mutter und an die gute, alte Dorett erinnern würde.

Der Herbst brachte den Frauen die Männer und Söhne heim. Eida lief jeden Tag am Strande entlang und hielt nach des Vaters Ewer Ausschau. Die Herbststürme begannen, und als der erste Schnee aus trostlos grauem Himmel auf die Insel fiel, mußte Eida sich eingestehen, daß ihr Warten vergebens war, daß das Meer ihr den Vater genommen hatte. Weinend lief sie in ihr Dünental, öffnete die Tür zu ihrem kleinen Häuschen und taumelte in die tröstende Dämmerung hinein.

Über jeden Baum fällt einmal dichter Nebel und droht ihn zu ersticken, und gefällt es dem Wind, dann fährt er in die Krone und jauchzt, wenn die Blätter wirbelnd zu Boden taumeln und der Baum sich windet in seiner Angst. Doch streift über jeden Baum auch wieder Sonnenschein, lockt schwellende Knospen aus braunem Gezweig, und blühend vergißt der Baum alle Not.

So lief auch Eida wieder hinaus ans Meer. Von vielen Tränen war ihr Blick so klargewaschen, daß ihr die Welt nun schöner und farbiger als je zuvor erschien. Sie lächelte dem Frühling zu, begrüßte singend den Sommer und schwieg manchmal beschämt, weil sie des Lebens wieder froh war. Wenn sie müßig zwischen den Dünen lag, dachte sie etwas sorgenvoll an den langen Winter. Dann sprang sie auf, suchte am Strand nach Holz und Korkstücken und brachte das gesammelte Strandgut heim.

Früher als sonst suchte der Winter die Insel auf. Da Eida ihren Schmerz wie eine Krankheit überwunden hatte, fühlte sie sich sehr einsam. Begann die Dunkelheit den Tag zu verdrängen, dann setzte sich Eida auf die Bank am Kachelofen und träumte vor sich hin.

Eines Abends brannte das Öl in der schmiedeeisernen Hängelampe aus. Eida legte ihr Strickzeug in den Schoß und schmiegte sich an den wärmenden Ofen. Die Dunkelheit umgab das Mädchen wie ein schützender Mantel. Eida versuchte sich der Gesichter ihrer Eltern zu erinnern.

Plötzlich schrak sie auf. Ein feiner Ton hatte die Stille zerrissen. Und da – wieder erklang der Laut, ganz klar schwebte er wie ein heller Glockenton durch den Raum. Erwartungsvoll sprang Eida auf. Als nichts geschah, hielt sie ein Holzscheit in die Ofenglut, füllte die Lampe mit Öl und entzündete sie. Mattgelber Schein tastete sich zögernd über den Tisch, fiel auf die Diele, aber vermochte nicht in die finsteren Winkel zu kriechen. Dort lauerte die Dunkelheit und hatte das weite Gewand faltig zusammengerafft.

Da – wieder der Laut! Vom Ofen kam er her und erinnerte Eida an das Piepsen eines Vogels. Eida straffte sich, griff hinter den Ofen und zog sogleich die Hand erschreckt zurück. Dann aber mußte sie lachen. Daß sie den Lederbeutel so leicht vergessen konnte, den sie selbst dorthin gehängt hatte! Nun ergriff sie ihn mit fester Hand und öffnete die Verschnürung. Was sie da erblickte, entlockte ihrem Munde einen halb entzückten, halb mitleidigen Ton.

Ein nackter Vogel reckte sein dünnes Hälschen aus einem buntgesprenkelten Ei. Er wetzte seinen gelben Schnabel und schaute Eida mit kugelrunden, schwarzen

Äuglein so keck an, als wollte er sagen: „Guten Abend, liebe Eida, laß uns recht gute Freunde sein!"

Ob Eida des Vogels Bitte verstanden hatte? Sie bereitete ihm ein Plätzchen am Ofen und mußte mit Staunen bemerken, daß das Tier von Tag zu Tag ein Stückchen wuchs.

Sie wurden wirklich gute Freunde, denn der fremdartig bunte Vogel zeigte sich recht zutraulich. Sein liebster Platz war Eidas Schulter. Von ihren Lippen pickte er vorsichtig Brotkrumen, rieb sein Köpfchen an Eidas Ohr, schmiegte sich an ihre Wange und ließ mit zufriedenem Laut die Augenlider sinken. Dann wagte Eida sich nicht zu rühren und hütete so lange den Schlaf des kleinen Freundes, bis er wieder erwachte.

Als das Frühjahr kam, war der Vogel so groß und stark geworden wie eine Mantelmöwe. Nun zeigte es sich auch, daß er ein ganz besonderer Vogel war und gar nicht daran dachte, sich anderen Vögeln anzuschließen.

Jeden Tag fand Eida etwas auf der Bank vor dem Küchenfenster. Es waren frische Butten, Sandspieren, junge Kaninchen, Hasen und manchmal auch geräucherte Schollen, welche dann gewiß aus der Nachbarschaft stammten, so daß Eida den Vogel schelten mußte.

Es geschah auch, daß Alf, so rief Eida ihren Freund, sich in des Mädchens Geschmack irrte, mal eine fette Maus oder farbenprächtige Feuerqualle heimbrachte. Eida lachte dann so übermütig, daß ihr die Tränen kamen, und Alf lernte recht schnell des Mädchens Leckerbissen kennen. Bald erschien Eida die Vergangenheit wie ein dunkler Traum. Sie war ja noch so jung und mochte lieber in die Zukunft schauen.

Im Sommer fuhr sie oft mit den alten Fischern zum Fischfang aufs Meer hinaus. Bei der Heumahd zeigte sie sich als schnellste und lustigste Schnitterin. Mit fliegenden Haaren und wehendem Röckchen sprang sie in die Dünentäler. Dort, wo der Boden feucht und dunkel schimmerte, wuchsen zart und silbern, wie frisch gefallener Reif, vieltausend Wollgrasflöckchen. Diese sammelte sie in einem Korb, den sie aus Gräsern geflochten hatte und welchen Alf, munter hinterherstolzierend, im Schnabel trug. Im Winter tauschte Eida die Flöckchen gegen Brot und Grütze ein, denn die Frauen füllten mit diesem weichen Flaum gerne ihre Stuhlkissen und Kochkisten. Auch verstand es Eida, haltbare Matten im Fischgrätenmuster aus steifen Strandgräsern zu flechten.

Es war mitten im Sommer, als Eida schwer erkrankte. Frauen eilten herbei, um ihr zu helfen. Auch die alte Gonnel, der die Leute nachsagten, daß sie mit dem Teufel im Bunde stünde und gewiß eine Hexe sei, klopfte an Eidas Tür. Sie erkannte die Krankheit und nannte sie Helligding. Der Todesgöttin Hel gab sie die Schuld und schickte Kinder mit dem Auftrag über die Insel, Helbeien (Flieder- oder Holunderbeeren) zu suchen. Nur diese könnten Eida vom Tode erretten.

Die anderen Frauen kehrten Eidas Hütte rasch den Rükken. Sie fürchteten, auch von dieser unheimlichen Krankheit erfaßt zu werden. Nur Gonnel harrte an Eidas Krankenlager aus und wartete ungeduldig auf die Wiederkehr der Kinder. Sie blickte nach dem Sonnenball, der hoch im Mittag stand.

„Sinkt die Sonne, ißt du keine Helbeien, wirst du nimmermehr upsteihen", flüsterte die Alte, öffnete die Fenster und atmete tief den Duft des Meeres ein. Da wurde das Fensterviereck von den Fittichen eines großen Vogels verdunkelt. Alf schwebte durch das Fenster in die Stube zurück. Im Schnabel trug der Getreue drei köstliche Fliederbeerdolden.

Die ganze Insel hatte er abgesucht. Schon hatte ihn der Mut verlassen wollen, da erspähten seine Augen einen fruchtstrotzenden Holunderbaum im tiefsten Inseltal. Der wiegte sein schweres Haupt auf knorrigem Stamm und warf seinen wandernden Schatten auf einen See, der wie ein blaues Gottesauge aus dem grünenden Tal emporleuchtete. Schützend umschlossen violettfarbige Abhänge, von dunklen Spalten zerrissen und schimmernden Höhen gekrönt, den See, an dessem Rande es von Enten, Möwen und anderen Wasservögeln wimmelte. Breiteten sie die Flügel aus, dann schien das blaue Auge des Sees bewimpert. Dort hatte Alf die Beerendolden vom Baum gepflückt.

Gonnel entriß sie ihm mit heftiger Gebärde, preßte den

Saft in ein Schälchen und setzte es an Eidas blassen Mund. Seltsame Worte murmelnd, gewahrte sie mit Freude, daß schwaches Rot auf Eidas Wangen wiederkehrte. Das Mädchen öffnete die Augen, und ein zartes Lächeln sprang auf die Lippen, die vom Saft der Fliederbeeren nun dunkelrot schimmerten. „Gonnel, Alf, werde ich wieder gesund?" Und als die Alte beruhigend nickte, fiel Eida in einen tiefen Genesungsschlaf.

Als Eida wieder gesund war, saß sie mit blassen Wangen auf der Bank vor dem Küchenfenster und schaute auf das Watt hinaus, dessen Angesicht, im Wechsel der Gezeiten, ihr immer rätselhaft erschien. Alf zeigte sich ob Eidas stillem Wesen recht betrübt. Eifrig flog er hin und her, suchte zwischen den Dünen nach den süßesten, saftigsten Rauschelbeeren, setzte sich auf Eidas Schulter und fütterte sie so, wie Vögel ihren Jungen den Hunger stillen. Eine Beere nach der anderen schob er zwischen ihre Lippen und gurrte: „Ist doch alles wieder gut, krieg frischen Mut!"

O ja, er verstand es, mit Eida umzugehen. Schon nach wenigen Tagen bereitete Eida das Wattlaufen wieder Spaß. Leicht wie ein Wollgrasflöckchen tanzte sie über den Schlick dahin und sang mit Trotz in der Stimme: „Wasser, auf dir kam das Unglück geschwommen, hast die Mutter mir, hast den Vater genommen, mir aber darfst du gewiß nichts tun, mußt friedlos wandern, kannst nimmer ruhn!"

Eines Morgens saß sie wieder vor dem Küchenfenster. Die Sonne ruhte funkelnd auf dem weichenden Wasserspiegel des Wattenmeeres. Eida war aber nicht müßig. In ihrem Schoß lag ein Röckchen, das sie aus Strandgräsern geflochten hatte. Mit flinken Fingern knüpfte sie an die Halmenden Wollgrasflöckchen. Dann band sie das Röckchen um die Hüften und tanzte singend auf die Wattwiese hinunter, während die gelösten Flechten wie eine rotgoldene Fahne hinter ihr herflatterten. Steif wippte das grasgrüne Röckchen mit dem hellschimmernden Saum. Hochauf spritzte der Schlick und betupfte die Beine mit dunklen Punkten.

„Eine Möwe möchte ich sein oder wenigstens eine graue Wildente", dachte Eida, „es muß doch schön sein, gleich den Vögeln fliegen zu können!" Sie drehte sich wirbelnd

im Kreise herum und breitete die Arme aus, als wenn sie Flügel wären.

Hinten aber, im Wattenmeer, mitten im tiefen Priel, lag des Meermannes Ekke Nekkepenn jüngstes Töchterlein. Es konnte sich an Eidas Röckchen nicht sattsehen. Viel kostbarer und schöner dünkte es ihr als die hauchfeinen, mit Muscheln und Perlen behängten Gewänder ihrer Mutter Ran.

„Das Röckchen muß ich haben", beschloß die Meerjungfrau. „Mit dem Inselmädchen werde ich schon einig werden." Sie ließ Eida auf Rufnähe herankommen und tat ihren Wunsch kund. Eida war aber nicht ängstlich. Sie dachte nicht daran, das Röckchen für eine Kleinigkeit herzugeben. Die Meerjungfrau bot gar kostbare Dinge an. Sie mußte aber erleben, daß Eida alle Schätze mit gleichgültigem Kopfschütteln ablehnte. So entschloß sich des Meerkönigs Tochter bangen Herzens, ihrer Mutter Ran eine Kostbarkeit zu entwenden.

Sie bat Eida, zu warten. Nun tauchte sie tief auf den Grund des Meeres und kam schließlich lächelnd wieder empor. Ein Muschelspiegel war es, den sie in ihrer Hand hielt. In ungewöhnlich großer Muschelhälfte von zartrosigem Schein blitzte ein klarer Spiegel.

„Es sind die Tränen unglücklicher Frauen, die verzweifelt am Meere entlangliefen und um ihre ertrunkenen Männer und Söhne klagten. Auch von dir fing meine Mutter einige Tränen auf. Als die Muschelschale randvoll gefüllt war, ließ Mutter das Schmerzenswasser im starken Vollmondlicht zu diesem Spiegel erstarren. Sobald ein Mensch sein Antlitz diesem Spiegel zeigt, sieht er auch die dunklen Gedanken seiner Seele wie Gewitterwolken über die Züge dahingleiten."

Eida willigte in den Tausch ein und schaute neugierig und aufgeregt in den Muschelspiegel. Ein reines Antlitz schaute sie an. Doch nein – ein zartgrauer Schleier zog langsam über ihr Gesicht, und Eida wurde sich ihrer Fehler bewußt. Sie nahm sich vor, gut zu werden, und ging mit diesem Vorsatz heim. Nachts lag sie nachdenklich in ihrem Wandbett und schaute abwechselnd auf die klare Scheibe des Vollmondes und auf die silberhelle Scheibe des

Muschelspiegels, den sie über den langen Vorstuhl gehängt hatte.

Eida versuchte, sich von Grund auf zu ändern. Die Leute im Dorf merkten bald, daß Eida anders zu werden begann. Es wagte aber niemand, nach dem Grunde zu fragen. Eida war stiller geworden und mäßigte ihren Übermut. Sie unterdrückte den Wunsch, durch schlagfertige Reden und schöne Kleider alle jungen Mädchen zu übertreffen. Sie hatte nur noch den einen Wunsch, im Spiegel ihr Gesicht ohne Schatten erblicken zu können.

Eidas Anmut aber zog manchen jungen Seemann und Fischer an. Diese scheuten sich jedoch, Eida nahezukommen, da sie zurückgezogen lebte und den Männern stolz und kühl erschien. Ihr bester Freund war immer noch der Vogel Alf.

Bald zog der Herbst wieder ein. War es sonst still und wortkarg auf der Insel zugegangen, fing nun ein frohes, freies, oft ausgelassenes Leben an, da jetzt die Seefahrer heimkehrten und die Halfjunkengänger ihre Freiersfahrten und Tänze aufleben ließen. Hier stand eine Schar schäkernder Mädchen im Kreis, dort zog ein Haufen ungebärdiger Jünglinge dahin. Im hohen Dünengras saß manch verliebtes Paar. Einsame Nachtschwärmer ließen sich am Strand den rauhen Seewind tüchtig um die heißen Schläfen brausen.

Frerk wagte es als erster, an Eidas Tür zu pochen. Sie öffnete ihm freundlich. Umständlich trat er ein, sprach vom Wetter, bewunderte den Vogel Alf, sog nachdenklich an seiner Pfeife, und schließlich standen sie noch lange zwischen Tür und Angel, denn das „Türen" oder „Bi-Düür-Stunnen" ist auf der Insel seit Jahrzehnten ein unantastbares Recht der Jugend.

Im Kreise seiner Freunde lobte Frerk Eidas Schönheit und Sittsamkeit. Es wurden immer mehr, die sich ihr zu nähern wagten. Wer aber den Mut fand, sie um ihre Hand zu bitten, der mußte in den Spiegel schauen und erschrak dann selbst vor den Untiefen seiner Seele.

Bald ging im Dorf die Kunde von diesem unerbittlichen Spiegel um. Die abgewiesenen Freier scharten sich um Frerk und schürten ihren Ärger durch häßliche Reden. Der

Vorschlag, sich an Eida zu rächen, wurde einstimmig angenommen und ein Streich ausgeheckt. Dwen, der stattlichste und reichste Freier, erbot sich, den Streich auszuführen.

Die Nacht wurde nur schwach von der schmalen Sichel des zunehmenden Mondes erhellt, der sich auf rundem Rücken über dem Meer wiegte, hinter dunklen Wolkenschleiern verschwand, bald aber triumphierend aufleuchtete und auf einer rasch wandernden Wolke ein Stückchen mitritt. Dwen sprang erwartungsvoll Eidas Hütte entgegen. Weit standen die Flügel des niedrigen Fensters auf. Dwen konnte bequem in die Hütte hineinsteigen. Seine Augen gewöhnten sich rasch an die Dunkelheit. Deutlich hörte er Eidas gleichmäßige Atemzüge.

Da floß ein silberheller Mondstreif ins Zimmer, ließ den Muschelspiegel wie einen Diamanten aufblitzen, wanderte zum Wandbett, entzündete in Eidas Haaren ein rotgoldenes Funkeln und blieb dann auf der Bettdecke ruhen.

„Erst den Spiegel", dachte Dwen. Nahm ihn vorsichtig von der Wand und lenkte seine Schritte zu Eidas Bett. Auf ihrer geballten Hand zitterte der Mondstrahl und warf einen blassen Schein über das friedliche Gesicht der Schläferin.

In diesem Augenblick rauschte etwas durchs Fenster. Fast hätte Dwen vor Schmerz laut aufgeschrien. Eine Hand mit spitzen Fingernägeln, so schien es ihm, krallte sich tief in seinen Nacken.

Er fand sich im nachtkühlen Dünensand sitzen, rieb mit der rechten Hand den schmerzenden Nacken und stellte mit Genugtuung fest, daß seine linke Hand noch sicher den Muschelspiegel umschlossen hielt. Wie er hinausgekommen war? Er wußte es selbst nicht mehr. Dann aber erinnerte er sich an Eidas Vogel und schüttelte verwundert den Kopf, daß das kluge Tier den Raub des Spiegels zugelassen hatte. Wie leicht hätte Alf ihm den Spiegel entreißen können! „Heute will ich mich damit zufriedengeben, daß der Plan geglückt ist", dachte Dwen.

Ein kühler Nachtwind hatte sich erhoben. Fröstelnd zog der Mann die Schultern hoch. Er holte mit langen Schritten mächtig aus, kletterte schnaufend am steilen Hang empor und blieb auf dem hellen Dünenkamm tief atmend stehen.

Wie ein dunkles Tier kauerte Eidas Häuschen drunten im Dünenkessel. Nur wenn es dem Mond gelang, die dunklen Wolkenhügel abzuschütteln, öffnete das ruhende Untier ein Auge und blinkte mit gläserner Pupille durch den engen Spalt des Dünentales auf das Wattenmeer hinaus.

Dwen warf den Kopf in den schmerzenden Nacken und schaute zum Himmel empor. Der Mond verirrte sich in die schwarzen Netze der Wolkenschwestern. Die Nacht ließ triumphierend ihren dunklen Mantel wehen.

Alle Töne wurden doppelt laut und erfüllten die Luft mit ihrem unheimlichen Wispern, Raunen und Rauschen. Irgendetwas kam fast lautlos aber rasch näher. Als der Flügelschlag unsichtbarer Vögel über Dwens Kopf dahinrauschte, zuckte er erschreckt zusammen. Den Einsamen packte unheimliches Grauen und schleuderte ihn in raschem Lauf zum Watt hinunter.

Höhnischer Vogelruf erklang und fand Antwort in der dunkelnden Tiefe des Wassers. Flämmchen tanzten über die Wattwiese. Dem Mann brannten die Handflächen wie Feuer, und kalten Schweiß spürte er auf Stirn und Rücken. Da warf er entsetzt in hohem Bogen den Muschelspiegel ins flutende Wasser. Dwen sah, wie sich die Kostbarkeit am aufleuchtenden Mondlicht entzündete und einer Sternschnuppe gleich im Meer versank.

Am Morgen bemerkte Eida mit Schrecken das Fehlen des Spiegels. Die Männer freuten sich ihres Erfolges und lachten wie über einen guten Spaß. Jetzt mußte es doch einem von ihnen gelingen, Eidas Herz zu gewinnen. Nun konnte sie doch ihren guten Ratgeber, den Muschelspiegel, nicht mehr befragen.

Doch nein! Eida verriegelte ihre Hüttentür, sobald ein Besucher anklopfte. Ängstlich mied sie alle Nachbarn. Nur wenn die Einsamkeit sie fast erdrücken wollte und Alf seinen buntgefiederten Kopf zärtlich an Eidas Wange rieb, fragte sie sich: „Ist es recht, daß ich mir einen Menschen ohne Fehl zum Manne wünsche?" Niemand gab ihr Antwort. Tiefer aber quälte sie, so glaubte Eida, die Sehnsucht nach dem entwendeten Muschelspiegel, der, wie es ihr eine Nachbarin zugetragen hatte, auf dem Grunde des Wattenmeeres liegen sollte.

Der Frühling brachte Sonnenschein und neue Fröhlichkeit. Doch noch befand sich Eida im Banne des Spiegels. Im Geiste hielt sie ihn sich oft vor das Gesicht.

Als die Sonne wärmer wurde, sah man Eida oft am Rande des Wattenmeeres stehn. Sie schien mit offenen Augen zu träumen. Hörte sie einen lockenden Vogelruf, dann kniff sie die Augen zu einem Spalt zusammen, hob schützend die Hand über die Brauen und spähte scharf aufs Meer hinaus. Wie prüfend glitten ihre Blicke über den Wasserspiegel dahin, der die Farben und Wolken des Himmels, seine Gestirne und Lebewesen getreulich widerspiegelte. Manchmal neigte Eida ihr Antlitz dem großen, doch so fehlerhaften Spiegel entgegen und zuckte erschreckt zusammen, wenn eine Wolke, rasch über dem Meer dahinsegelnd, ihren Schatten auf das Wasser warf.

In Eidas nächster Nachbarschaft, dem lang verschlossenen Haus der verstorbenen Dorett, war wieder Leben eingekehrt. Erik, der junge Weltumsegler, war es, dem die Sehnsucht nach der Heimat nicht mehr Ruhe gelassen hatte, wenn das Kreuz des Südens fremd und kalt sein Licht vom Himmel goß und fremde Meere und Laute ihn in den Schlaf wiegen wollten. Da war er kurz entschlossen heimgekehrt und ließ sich vom Ersparten auf dem Festlande einen stattlichen Ewer bauen.

Des Bruders vielköpfige Familie füllte das enge Elternhaus. Eines Abends klopfte Pastor Georgs an die Tür, begrüßte den Heimgekehrten und überraschte ihn mit der guten Nachricht, daß die verstorbene Tante Dorett den Erik nicht vergessen hatte. Ihr letzter Wille lautete: „Erik soll in mein Haus ziehen, den bunten Bierkrug jeden Abend füllen und an Dorett und den alten Kapitän denken."

So war Erik am nächsten Morgen zu seinem Häuschen gelaufen. Singend riß er alle Fenster auf, daß die Butzenscheiben beängstigend klirrten und ließ viel Sonne und Luft in die muffigen Stuben und das stockige Wandbett. Ihm schien die Sonne alle Tage. Segelten Regenwolken herbei, dann blies ein kräfiger Wind sie an, und grollend verzogen sich die dicken Gebilde nach dem Festlande.

Eines Morgens stampfte Erik hinunter zum Ankerplatz und pfiff vergnügter als sonst, denn es war das richtige

Segelwetter. Hei, wie sein Ewer schon ungeduldig auf den Wellen schaukelte. Auch Erik konnte es kaum erwarten, am Mast das braune Segel knatternd steigen zu sehen.

Schon wollte er den Anker lichten, als ein junges Mädchen winkend und rufend von den Dünen herabgesprungen kam und atemlos bat, mit hinausfahren zu dürfen. Ihr Name wäre Eida und sie müsse etwas Wichtiges erledigen.

Lachend schaute der baumlange Erik auf die zierliche Person hinunter, die mit blitzenden Augen beteuerte, wirklich eine wichtige Aufgabe erfüllen zu müssen. „Na, min Deern, dann man to", erwiderte Erik, denn er war nicht für viele Worte. Rasch packte er Eida um die Hüften, und ehe diese ein abwehrendes Wort fand, blies der Wind auch schon kräftig in das Segel, und Eida durfte auch nicht müßig sein. Er fragte nicht viel und mußte ordentlich staunen, wie gut das Mädchen es verstand, mit dem braunen Segel umzugehen.

Gegen Mittag aber, als es wärmer wurde und der Wind etwas nachließ, dachte Erik: „Hast die ganze Welt umsegelt, hast viele Mädchen kennengelernt, doch keines war dir so vertraut wie Eida." Als schließlich der Wind Schwester Flaute das Regiment überließ, gelobte sich Erik: „Die oder keine!"

Jetzt erst wagte er die Frage nach Eidas großer Aufgabe. Auch Eida war zugänglicher als sonst. Die Worte sprudelten ihr leicht über die Lippen. Die ganze Spiegelgeschichte gestand sie dem Erik und die Hoffnung, den Spiegel im Meere wiederzufinden.

„Ganz gewiß hat ihn die Ebbe aufs Meer hinausgezogen. Dort liegt er irgendwo auf dem Grunde. Wenn die Sonne hoch im Mittag steht und auf den sandigen Grund des Meeres dringt, so daß uns das Wasser wie eine gläserne Wand erscheint, können wir den Spiegel sicher blitzen sehen. Ich bin eine gute Schwimmerin, tauche dann flink auf den Meeresboden und hole mir den gestohlenen Schatz wieder." So sprach Eida, und Erik schaute staunend und etwas zweifelnd in ihre Augen und stellte fest, daß sie die Farbe des Meeres hatten.

„Nun, so laß uns über Bord gucken und Ausschau halten, bis die Sonne niedersinkt", sprach er, legte seinen Arm um ihre Schultern, damit sie ja nicht ins Wasser falle, und dann blickten beide in das sonnentrunkene Wasser. Sie sahen aber nur ihr eigenes Spiegelbild. Sprang ein Fisch empor oder lief eine Welle vorbei, dann verschwammen beide Gesichter zu einem verworrenen Bild.

Plötzlich hoben der Mann und das Mädchen fast gleichzeitig lauschend den Kopf. Ein klingendes Lachen war an ihr Ohr gedrungen. Ein neckender Ruf ließ sie wieder ins Wasser schauen. Da schwamm eine Meerjungfrau unter dem Schiff hervor. In der erhobenen Hand hielt sie den Muschelspiegel, dem Eidas Sehnsucht galt. „Schau noch einmal in den Spiegel", rief sie aufmunternd, „es ist das letzte Mal, daß ein Menschenauge ihn betrachten darf. Ich kann die Kostbarkeit nicht wiedergeben, da sie meiner Mutter Ran gehört!"

Von Neugierde bezwungen, beugten sich Eida und Erik über Bord und schauten in den Spiegel hinein. Da erschienen ihnen ihre Züge so klar und rein, daß sich Eidas Augen vor Freude mit Tränen füllten. Erik glaubte, daß Eidas Tränen dem Spiegel galten, drückte Eida unbeholfen die Hände und stotterte: „Weine nicht um den Spiegel. Es ist ein Stück, das leicht zerbrechen kann. Doch in uns tragen wir einen Spiegel, den niemand zerstören und verunreinigen kann. Ihn wollen wir pflegen und rein halten."

Eida nickte kräftig mit dem Kopfe, lächelte Erik an, und beide wurden sich ihrer Zuneigung bewußt. Eines Tages bat Erik das Mädchen, seine Frau zu werden. Am Morgen vor der Hochzeit fand Eida auf der Bank vor dem Küchenfenster ein Kleid, so fein wie schillernde Libellenflügel. Schimmernde Perlen und kleine rosige Muscheln zierten bandartig den weiten Saum des Kleides. Es war ein Geschenk der Meerjungfrau.

Die Männer des Dorfes aber erinnerten sich ihres häßlichen Planes. Beschämung wuchs in ihren Herzen empor, wie auch aus dunklem Moorboden das silberfeine Wollgrasflöckchen zum Leben erwacht. Dwen griff tief in seine Truhe und kaufte auf dem Festlande einen schönen geschliffenen Spiegel für viele Silberdukaten. Frerk, in handwerklichen Dingen sehr geschickt, fertigte einen Rahmen an aus den eigenartigsten, farbenprächtigsten

ortwin

Muscheln, die das Meer einst auf den Strand geworfen hatte.

Noch heute hängt die kostbare Gabe im Pesel zwischen den beiden Fenstern mit den grünen Butzenscheiben. Wandert nur am Watt entlang, klopft an die Tür des einsamen Dünenhauses und bittet um einen erfrischenden Trunk.

Wohl halten sich Eidas Nachkommen an den alten friesischen Spruch: „Viel wissen und wenig sagen, nicht antworten auf alle Fragen." Wenn ihr aber nach dem Muschelspiegel fragt, dann werden sie gesprächig, öffnen weit die Tür, zeigen stolz den alten, schönen Pesel, den Muschelspiegel und lassen sich nicht zweimal bitten, dessen Geschichte zu erzählen. Habt ihr Glück, dann reichen sie euch vom Bord den bunten Bierkrug, füllen ihn randvoll mit Swetzkilk und bitten euch, ihn auf das Wohl des seligen Kapitäns und des alten Hauses zu trinken.

Die verwunschene Eiche

Eine breite Lichtbahn hatte der Mond quer über mein Bett in die Stube geworfen und mich aus drückenden Träumen befreit. Ich richtete mich auf. Meine Augen wanderten auf der Lichtbahn zum Fenster hinaus.

Da war's mir, als schimmerten die geisterhaft blassen Dünen nur für mich, als winke mir das schwankende Strandgras zu, als riefe mich die Stimme des Meeres.

Rasch sprang ich aus dem Bett heraus und wurde erst hellwach, als ich, auf einer Düne stehend, das Meer im Mondlicht wie flüssiges Blei auf mich zueilen sah.

Da wandte ich mich inselwärts, wanderte durch dunkle Dünentäler, blickte zum Mond empor, der einer silbernen Scheibe gleich über dunkelvioletten Wolkenbänken glänzte. Auf einer buschigen Düne blieb ich plötzlich stehen, denn mein Mantel hatte sich im mannshohen Kratt verfangen. Indes ich mich niederbeugte, um meine Kleidung aus den Zweigen eines Sanddorns zu lösen, bemerkte ich vor meinen Füßen die Zweige einer eingeschütteten Eiche. Obwohl es fast windstill war, rührte die Eiche raschelnd ihre Blätter. Seltsam bang wurde mir zumute. Fortlaufen wollte ich und blieb doch wie angewurzelt stehen.

Dann war's mir, als rege sich etwas Lebendiges in der Düne. Als der Sand zu rieseln begann, als wolle unter ihm ein Vulkan hervorbrechen, taumelte ich, von Furcht gepackt, einige Schritte zurück, stolperte über ein Pflanzenpolster und stürzte nieder. Lauschend blieb ich liegen, hielt den Atem an, hörte aber nur mein Herz laut und schwer in der Brust pochen. Da nichts geschah, richtete ich mich auf und sah die verschüttete Eiche aus der Düne aufwachsen. Immer höher steigend, wurde ein gekrümmter, gewundener Stamm sichtbar. Es knackte unter der Rinde, als versuche der Stamm sich zu strecken. Dann stand der seltsam verkrüppelte Baum im Mondlicht vor mir. Er schüttelte noch einmal raschelnd sein dünn belaubtes Haupt und verharrte dann so still und unbeweglich, als habe er dort immer in voller Größe zwischen Sanddorn und Silberweide gestanden.

Die Blätter schimmerten feucht. Die Rinde erinnerte mich an das Fell eines Hasen. Ich war gewiß, daß beim Versuch, den Stamm zu berühren, der Baum wie eine Vision versinken würde.

Doch nein – fest stand er da. Meine Hände tasteten über die rissige Rinde zu den Zweigen hinauf und berührten die glatten Blätter.

Kurz überlegend riß ich ein Blatt ab und steckte es in die Manteltasche. Dann löste ich das Band aus meinem Haar und knüpfte es an einen Zweig, denn ich wollte den Baum am Tage wiederfinden.

Als ich am Morgen erwachte, schien mir das nächtliche Erlebnis ein Traum gewesen zu sein. Rasch schlüpfte ich in die Kleider, suchte vergeblich nach meinem Haarband, fand dann aber in der Manteltasche ein Eichenblatt.

„So hast du doch nicht geträumt", dachte ich, warf mir den Mantel über, lief suchend den alten Weg entlang und fand die buschige Düne wieder. Die Eiche aber war verschwunden. Sollte doch alles nur ein Traum gewesen sein? Schon wollte ich mich auf ein Graspolster setzen und prüfend das nächtliche Erlebnis durchdenken, da sah ich die Zweige einer eingeschütteten Eiche aus dem Sande ragen und dort, an einem Zweig, hing mein Haarband. Kopfschüttelnd knüpfte ich es ab und eilte heimwärts, denn die ersten Tropfen fielen aus regenschwerem Himmel.

Zum Grübeln kam ich erst, als ich im warmen Pesel saß, während rauschender Regen gegen die Fenster schlug. Die grauhaarige Mutter des Fischers lehnte strickend im Stuhl. Ihre Nadeln schlugen einen gleichmäßigen Takt, während meine Gedanken wirr durcheinander liefen.

Ich verspürte plötzlich das Bedürfnis, mich der Alten anzuvertrauen, und fürchtete zu gleicher Zeit, ausgelacht zu werden. Schließlich rückte ich der alten Frau näher und begann, von meinem seltsamen Traumerlebnis zu erzählen.

Verwundert stellte ich aber fest, daß die Frau mit ernster Miene meinen Worten lauschte. Dann erhob sie sich schweigend, schritt zu einer Truhe, öffnete den schweren Deckel und beugte sich suchend nieder. Als sie sich wieder aufrichtete, hielt sie in ihrer Hand ein Heftchen mit blauem Deckel.

„Nun", sagte sie langsam, „da gibt es nichts zu lachen. Als junges Mädchen habe ich auch die Eiche aus der Düne aufwachsen sehen. Dann wohnte ein Maler in diesem Haus. Auch er hatte dasselbe Erlebnis, ruhte aber nicht eher, bis er eine Erklärung für dieses seltsame Geschehnis gefunden hatte.

Er blätterte in dicken Büchern, wanderte über die Insel, lauschte den Geschichten alter Leute, ordnete das Gesammelte und schrieb fein säuberlich alles in dieses Heftchen. Kurz bevor der Maler die Insel verließ, schenkte er mir das Heft. Es mag wohl viel Dichtung und wenig Wahrheit sein, was dort auf den Blättern steht, doch half mir die Geschichte aus meinen Grübeleien."

Dankend drückte ich der alten Frau die Hand und eilte in mein Zimmer. Hier schlug ich den blauen Deckel auf und versenkte mich lesend in die alten Aufzeichnungen.

Gleich hinter der heutigen Vogelkoje liegt ein Fischerdorf. Obwohl die Häuser stattlich gebaut sind und auf Wohlstand hinweisen, gehen die Leute einfach, fast ärmlich gekleidet, leben vom Fischfang und warten auf Sommergäste.

Vor etwa hundert Jahren galt dieses Dorf als das reichste auf der Insel. Hier wuchs die Jugend sorglos auf, denn Brot und Geld waren immer im Hause zu finden. Wenn der Herbst begann, die Männer von ihren Seefahrten heimkehrten, fing ein lustiges Leben an. Bis in die Nacht hinein wurde oftmals getanzt und geschmaust.

Sicher vor Sturm und Verwüstungen durch das Meer, streckte sich das Dorf hinter dem Schutzwall der Dünen. Niemand kümmerte sich um das Unwesen der Strandräuber, die in Sturmnächten auf einsamen Dünen Feuer anzündeten und Schiffe, statt in den schützenden Hafen, ins Unglück lockten. In der Brandung wurden sie zerschlagen, und schaumgekrönte Wogen warfen reiches Kaufmannsgut, Schiffstrümmer und Leichen auf den Strand.

In solchen Sturmnächten lagen die Männer des Dorfes sicher und warm in ihren Wandbetten und warteten auf den Morgen, denn manches Faß, manch schwere Kiste konnte ein früher Strandläufer finden und seinen Wohlstand mehren.

Die Jugend fand sich oft zu Tanz- und Spinnabenden zusammen und trennte sich dann nicht vor Mitternacht. Zu den Spinnabenden der Frauen und Mädchen kamen auch die jungen Männer des Dorfes, setzten sich zwischen die Mädchen und erzählten reihum lustige und gruselige Geschichten und Erlebnisse.

Eines Abends lenkte jemand aus dem Kreise das Gespräch auf die Strandräuber, denn sie trieben es in diesem Jahr besonders schlimm. Eines der Mädchen machte den Vorschlag, den unbekannten Männern nachzuforschen und ihnen das Handwerk zu legen.

„Was gehen uns die Strandräuber an", rief da, die Rede des Mädchens unterbrechend, Urs Knutsen, der reichste Fischer des Dorfes. „Es sollen wilde, schwer bewaffnete Männer sein. Mir jedenfalls ist das Leben lieb, habe es oft genug dem Meere abgerungen! Bald geht es wieder hinaus, dann könnt ihr dem Tod ins Auge schaun und euren Mut beweisen."

Wie? – sprach so Urs Knutsen, der kühne Seefahrer, sonst zu jedem Streich und Händel bereit? Die Burschen kratzten sich hinter den Ohren und schielten zu den verwundert dreinschauenden Mädchen hinüber. „Er hat gewiß recht vernünftig gesprochen, wie ein Alter", dachten einige Burschen, „es wäre sicher dumm von uns, wollten wir uns die gemütlichen Abende durch solch Unternehmen verderben." „Wo aber bleibt die Menschlichkeit", rief nun aufspringend ein junger Mann, der bisher sinnend ins Feuer gestarrt hatte und gewohnt war, seiner körperlichen Schwäche wegen verlacht und bemitleidet zu werden. „Habt ihr die Leichen vergessen, die jungen Frauen, die Männer und Kinder? Verfolgen euch ihre Augen nicht bis in den Traum hinein und klagen euch an? In euren Häusern gedeiht ihr Reichtum, in kostbaren Gewändern fühlen sich unsere Mädchen wohl. Der Geist der Toten müßte in sie fahren und ruhelos nach den Mördern suchen!"

Entsetzt schrien die Mädchen auf und streckten abwehrend ihre Arme gegen den Jüngling, der sich erschöpft auf die Bank am Ofen fallen ließ und mit zitternden Händen den Schweiß von der Stirne wischte, denn die Rede hatte ihn doch viel Mut gekostet.

„Hört, hört den Träumer", rief nun spottend ein anderer, während dröhnendes Gelächter aus rauhen Kehlen brach. „Wie er sich plötzlich ereifern kann, kriegt sonst den Mund nicht auf. Jetzt macht er noch den Weibern Angst. Doch so ein zartes Gemüt muß ja wohl auf solche Gedanken kommen."

Beifallsrufe lohnten den Sprecher. Die Mädchen kicherten, und einige Burschen schlugen sich vor Vergnügen auf die Schenkel.

„Ist es nicht unser gutes Recht, die Schätze des Meeres zu bergen", rief nun Beifall heischend die schwarze Maren. „Die Toten können damit doch nichts mehr anfangen. Wir sollten den Strandräubern dankbar sein, daß sie uns noch was finden lassen!"

„Bist ein gescheites Mädel, stehst mit beiden Füßen im Leben, so sollten alle denken", erwiderte anerkennend Urs, zog eine Perle aus seiner Tasche und warf sie der errötenden Maren zu. Jene Burschen und Mädchen aber, die Urs' Meinung nicht geteilt hatten, lachten jetzt mit und dachten, daß man ja später noch einmal darüber reden könne.

Eines der Mädel aber, die blonde Elke, war schon lange von ihrem Sitz am Feuer aufgesprungen, aber mit ihrer schwachen Stimme nicht zu Worte gekommen. Ihre Augen blitzten vor Wut, die Hände hatten sich zu Fäusten geballt. Sie wäre am liebsten unter die Männer gesprungen und hätte rufen mögen: „Ihr Feiglinge, ihr Faulen, ihr Satten, ihr Dummköpfe, laßt euch ja alle von Urs beschnacken, seid zu bequem, euren Verstand selbst zu rühren. Der Sturm müßte euch das Dach über den Köpfen davontragen, die Dünen eure Äcker verschütten. Auf fremdem Strand müßten eure Schiffe zerschellen, euch geht es ja viel zu gut!"

Da aber blitzte ein Gedanke durch ihren Kopf, der so zündend war, so verlockend, daß Elke sekundenlang den Atem anhielt: Wie, könnte sie es nicht selber tun? Vorsichtig, besonnen müßte sie zu Werke gehen und den Männern zeigen, was eine Frau vermag.

Rasch packte Elke ihre Handarbeit zusammen und versuchte, unbemerkt aus dem Kreise zu schlüpfen. Da haschte der rothaarige Urs nach ihrem Rockzipfel, zog die Sträubende zu sich heran und bat, noch ein wenig zu verweilen. Eine goldene Kette versprach er ihr, dürfe er sie nach Hause begleiten. Sie aber schüttelte so heftig den Kopf, daß sich ihre Zöpfe um den Hals schlangen, schlug mit den Fäusten auf Urs' behaarte Hände, bis sie das Kleid losließen und sprang dem lästigen Verehrer davon.

Elke wohnte mit ihrer Mutter am Ende des Dorfes. Beide sammelten Vogeleier und lebten von dem Erlös, denn damals brüteten die Vögel zu Tausenden auf den Dünen und am Strande. Mit den Brandenten war Elke besonders vertraut.

Es sind Vögel, deren Federkleid prächtige Farben zeigt. Kopf und obere Halshälfte leuchten in grünlichem Schwarz. Das darauffolgende blendende Weiß wird von einer rostbraunen Binde abgeschlossen. Brust und Bauch zeigen schwarze Streifen. Die Flügel haben grünlich-kupferfarbig schillernde Spiegel. Schnabel und Stirnhöcker sind rot. In kleinen Trupps, zu etwa sechs bis zwölf, findet man diese Tiere in den Dünentälern, wo sie am Fuße eines Hügels, der mit wehendem Strandgras überwuchert ist, umherstolzieren und sich nach Entenart leise schnatternd unterhalten. Seltsame Tiere sind es, die oft mit Dachs, Fuchs oder Kaninchen in einem Bau zusammenleben. Dem Fuchs wird der Appetit auf Entenbraten wahrscheinlich verdorben, da die Enten ihm unangenehm riechen. Oft geraten die Brandenten in Wohnungsnot.

Diesen Umstand nutzten Elke und ihre Mutter aus und legten künstliche Bruthöhlen an. Am Ende der Seitengänge nisteten sich die Enten ein. Diese Brutstellen wurden mit einem abnehmbaren Rasenstück bedeckt. Jeden Morgen nahm Elke einen Korb über den Arm, ging von Brutstelle zu Brutstelle, hob die Rasendeckel ab, nahm die frischen Eier heraus und eine Handvoll Daunen dazu. Sechs Eier aber durfte jede Ente behalten, damit die Art nicht aussterbe.

Die Tiere hatten sich an Elkes morgendliche Besuche gewöhnt, ließen sich streicheln und gaben auf jedes freundliche Wort schnatternd Antwort.

Als Elke an diesem Abend nach Hause kam, schlief die Mutter schon. Rasch schlüpfte sie in ihr Bett und begann, in Ruhe ihr Vorhaben zu durchdenken. Wie ein Fieber hatte sie der Wunsch gepackt, den Strandräubern das Handwerk zu legen. Keine Stunde wollte sie nun ungenutzt verstreichen lassen.

Der nächste Tag zeigte sich schon am Morgen stürmisch. Haushohe Wellen riß der Sturm empor, wütend spuckte das Meer leichten Schaum auf den Strand, den der Wind zu Fetzen zerriß und zu den Dünen hinaufjagte.

Die Dämmerung brach schnell herein. Elke knüpfte sich fest in ein wollenes Tuch und schlüpfte unbemerkt aus dem Hause.

Sie mußte ihr Gesicht mit den Händen schützen und durch die Finger blinzeln, denn der Sandsturm drang wie mit tausend Nadeln auf sie ein. Schwer atmend kämpfte sie sich vorwärts, Schritt für Schritt.

Plötzlich erblickten ihre schmerzenden Augen in der Ferne einen Feuerschein. Vorsichtig ging sie nun im Schutze der Dünen weiter und lauschte angespannt in den Sturm hinein, bis sie dem Feuer ganz nahe war. Nun wurde es ihr doch bang zumute, und das Herz begann ängstlich zu schlagen. „Brauchst heute ja nur erstmal zu schaun, wieviel Männer es sind“, sagte sie sich und wurde etwas ruhiger. Als Elke den Dünenkamm erreicht hatte, legte sie sich in eine Sandmulde nieder, denn in dieser Lage konnte sie gut, von niemandem gesehen, die Feuerstelle überblikken. Jetzt spürte sie den heftigen Schlag ihres Herzens. Das Pochen schien ihr lauter zu sein als das Tosen der Wogen.

Dann aber fuhr ihr solch ein Schreck in die Glieder, daß sie glaubte, gelähmt zu sein. Das war ja Urs, der reichste Mann des Ortes, ihr hartnäckigster Freier, der hinter einem Hügel hervorgetreten war und begann, Gestrüpp und Schiffstrümmer in das Feuer zu werfen, daß es einen Augenblick lang erloschen schien, dann aber prasselnd mit heller Flamme emporschlug. Niemand half Urs beim Schüren des Feuers. Er schien also allein zu sein.

Elke beobachtete, daß Urs sich vom Feuer wandte, die Düne hinuntersprang und sich in eine Mulde niederlegte, als wolle er dort, gegen den Sturm geschützt, ruhen.

Ihre Glieder lockerten sich, der Kopf wurde leicht, und plötzlich erschien Elke das Unternehmen kaum gefährlich. Nun dachte sie nicht mehr an einen raschen Heimweg. Solch günstigen Augenblick durfte sie nicht ungenützt verstreichen lassen, denn jede Minute konnte einem schutzsuchenden Schiff Unglück bringen.

Rasch sprang sie auf, lief zur Feuerstelle, füllte ihr Tuch mit Sand und schüttete ihn auf das Feuer. Fieberhaft schaffte sie und dachte schon, den Heimweg antreten zu können, als ein schmerzhafter Druck ihren Kopf zusammenpressen wollte. Dann wurde ihr Kopf herumgerissen, und entsetzt schaute Elke in die blaugläsernen Augen von Urs.

Höhnisch zog sich sein Mund in die Breite. Dann lachte ihr der Mann ins Gesicht, schüttelte sie wie ein Bündel hin und her, warf sie in den Sand, preßte sein Knie auf ihre Brust und schrie ihr ins Ohr: „Hexe, was willst du, wer hat dich hergeschickt? Sprich! Bist du allein?“

Als sie mit angstvoll aufgerissenen Augen nickte, beugte er sich nieder, preßte sein bärtiges Gesicht in ihr kühles Haar und flüsterte beschwörend: „ Du wirst nichts verraten, du wirst schweigen, nicht wahr? Du weißt, ich liebe dich! Wir werden heiraten. Morgen, übermorgen, so bald du willst. Gold schenke ich dir und Perlen. Du ahnst nicht, wie reich ich bin. Volle Kisten stehen in meinem Haus. Mit kostbaren Gewändern und Schmuck sind sie angefüllt. Denke dir – jeden Tag ein neues Kleid. Nichts brauchst du zu tun, nur schweigen und ein bißchen gut sein, willst du? Willst du unser Geheimnis hüten bis zum Tode? Schon jetzt hat es uns unlösbar miteinander verbunden. Ich will von meinem Treiben ablassen um deinetwillen. Deine Haare sind kühler und glänzender als mein Gold, aber weich, schmiegsam und voll Duft. Du bist mir mehr wert als all mein Reichtum!“

Keuchend richtete sich der Mann auf, denn es war schwer, im Sturm zu sprechen. Er starrte auf das schweigende Mädchen. „Nun sag schon was, antworte, sprich –

wie lange soll ich noch warten? Dein Schweigen macht mich wahnsinnig! Dir bleibt doch keine Wahl. Ja mußt du sagen, ja, ja! Niemand kann dir mehr Reichtum und Liebe bieten als ich – oder hast du etwa dein Herz an einen anderen gehängt?"

Argwöhnisch starrte der Mann in das Gesicht der Liegenden und begann, sie heftig hin und her zu schütteln.

Elke hatte entsetzt zugehört. Während der Mann auf sie einredete, waren ihr die Bilder der angeschwemmten Leichen erschienen, tote, leere Augen in aufgedunsenen Köpfen, in schwarzblauen Gesichtern. Sie schüttelte sich vor Ekel, versuchte sich zu befreien, biß und schrie – doch der Sturm riß ihre Stimme wie einen bangen Vogelruf mit fort.

Da wurde der Mann von Angst gepackt. Jetzt gab es nur eins. Sie durfte nicht lebend ins Dorf zurück, denn niemand sollte je von seinem Treiben erfahren, dann wäre es aus mit ihm – aus!

Ins Dorf würde sie laufen und ihn anklagen, jetzt, wo das Leben erst schön zu werden begann, wo der Reichtum darauf wartete, mit beiden Händen verbraucht zu werden. Schließlich gab es im Ort genug hübsche Mädchen, die nicht nein sagen würden. Hatte sich Elke nicht selbst ihr Leben verscherzt?

Entschlossen sprang Urs auf, hob das sich sträubende Mädchen auf seine Schulter, keuchte die Düne hinunter, zerrte aus einem Windriß die meterlang heraushängenden Wurzeln des Strandhafers und eilte weiter. Das Mädchen leistete keinen Widerstand mehr, es war ohnmächtig geworden.

Mit dem Kopf prallte Urs gegen eine junge Eiche. Sollte das ein Zeichen sein? Er blieb stehen, knüpfte aus den starken Wurzeln eine Schlinge, erhängte die Bewußtlose an einem Ast und raste, ohne rückwärts zu schauen, davon.

Keuchend ging's hügelauf, hügelab. Blieb er, nach Luft ringend, auf einem Dünenkamm stehen, rückte das Bild des erhängten Mädchens nahe vor sein Gesicht. Er sah den Körper, ein Spielball des Sturmes, hin und her schwingen, hin und her wie ein Uhrpendel.

Stöhnend preßte der Mann die Fäuste an die hämmernden Schläfen und stürzte, sich fast überschlagend, in ein finster gähnendes Dünental. Jetzt, jetzt war es ihm, als pendele die Leiche in seinem Kopfe hin und her, als schlüge sie mit den Füßen gegen die Schläfen, daß der Kopf zu glühen begann und vor Schmerz zerspringen wollte. Ticktack, tick-tack; er glaubte bei diesem Geräusch wahnsinnig zu werden. Auf den Boden warf er sich und barg den Kopf in den kühlen Sand.

Erst nach Tagen unermüdlichen Suchens wurde Elkes Leiche gefunden. Die klagende Mutter verwünschte den Baum und verfluchte den unbekannten Mörder.

Urs war auf seiner Flucht über die Dünen von einem Fieber erfaßt worden, erst nach Stunden hatte er heimgefunden und war im Pesel bewußtlos zusammengesunken. Seine alte Wirtschafterin rief den Doktor. Urs wurde in sein Wandbett gelegt und schrie in Fieberträumen die Mordtat in die Stube hinein. Die wachenden Frauen blickten sich entsetzt an und murmelten leise Gebete.

Der Genesende kam nicht mehr zu klarem Verstande. Mit blödem Lächeln saß er auf der Türschwelle und rühmte sich kindisch seines Treibens als Strandräuber. Er wurde nicht zum Tode verurteilt, nicht ins Gefängnis geworfen, denn die Leute sagten: „Gott hat ihn schon bestraft, darf sich da noch der Mensch zum Richter aufwerfen?"

Urs starb nach kurzer Zeit. Sein Reichtum wurde im Dorfe verteilt. So konnten auch die armen Fischer sich ein festes Haus bauen.

Noch heute findet man die festen, gut gebauten Häuser. Doch das Gold, die kostbaren Geräte und Gewänder sind längst dahin.

Die Eiche wurde vom wandernden Sand eingeschüttet. Nur die Äste ragen auch heute noch, nach Licht suchend, aus der Düne heraus.

In jedem Jahr aber, in der Mordnacht, hebt sich der Baum aus dem Sande. Er versucht, den verkrüppelten Stamm zu strecken und schüttelt sich, als hinge die Leiche noch an seinem Ast.

Doch der Fluch der verzweifelten Mutter wirkt fort. Er lähmt die Kraft des Baumes und zwingt ihn gegen Morgen in die Düne hinein.

Ein Geschenk des Meeres

Er saß auf hoher Düne und schaute aufs Meer hinaus, der Herr Lehrer Lüders, oder einfach „Kräuter-Hein" genannt.

Wie eine Riesenorange saß die Sonne am Horizont auf dem grausilbernen Spiegel des Meeres und warf eine vergoldete Straße direkt zu dem Grübelnden hin. „Komm", schien sie zu sagen, „und fange mich, bevor ich im Meer versinke." Und schon war ein Stückchen der scheidenden Sonne ins Meer getaucht.

„Wäre ich ein Maler, dann würde ich dich jetzt mit meinem Pinsel festhalten", flüsterte der Mann, „und die Leute, die das Bild später betrachten, würden sagen, daß es bestimmt übertrieben oder gar kitschig sei, so rot sei die Sonne doch nicht und das Meer kein Silberspiegel mit rosigen Schaumkrönchen auf den Brandungswellen!"

Und während diese Gedanken durch Heins Kopf gingen, war das erste Drittel der Sonne im Meer versunken.

Des Mannes Blick ruhte jetzt auf dem dunkelnden Meer, und er dachte: „Du bist wie das Antlitz des Menschen. Heute friedlich und schön, morgen grausam und furchterregend. Die Sonne bringt dich zum Leuchten, der Mond macht dich geheimnisvoll, der Wind erregt dich, und der Nebel läßt dich erbleichen. Ich kenne dich. Ich habe dich erlebt an strahlenden Sonnentagen und in deinem Unmut. Weißt du noch, damals, als du mir in böser Laune das Leben nehmen wolltest? Aber Minuten später legtest du mir gnädig ein Geschenk um den Hals!"

Ja, wie war es damals? War es nicht ein heißer Sommertag gewesen, eigentlich zu warm zum Unterrichten? Fast hätte er den Kindern Hitzeferien gegeben! Dann war er später zum Strand gewandert und freute sich auf ein erfrischendes Bad. Etwas Wellengang – nicht zu viel! Gerade recht zum Schwimmen und Tauchen. Nichts Schöneres gab es für ihn als Wasser und Wellen.

„Ich muß mal ein Fisch gewesen sein", dachte er, „früher, ganz früher – in einem vorigen Leben. Ein Delphin, oder gar ein Wal? Warum fühle ich mich im Wasser so körperlos, so leicht wie eine schwebende Alge in der Dünung?"

Da sah er sie kommen, eine Welle, hoch wie ein Gebirge. „Mein Gott, eine Springflut", dachte er, und schon stürzte sich das Untier auf ihn nieder. Er überschlug sich in der Gischt und wurde zum Strand getrieben. Er richtete sich auf, wollte fliehen. Doch der Sog zog ihm die Füße fort und riß ihn mit rasender Geschwindigkeit hinaus aufs Meer. Und schon stürzte der nächste Wellenberg auf ihn nieder. Er hatte kaum Zeit, Luft zu holen.

Wie ein Spielball warf ihn das Meer an den Strand und zog ihn wieder hinaus. Er sah den Himmel nicht mehr, nur noch das sonnendurchschimmerte, smaragdgrüne Wasser über seinem Gesicht. Er schluckte Wasser, fühlte sich ersticken und plötzlich so müde, so gleichgültig! Er sah seinen Körper – wie ein gläsernes Gefäß vom Wasser durchflutet – im Meer schweben: friedvoll, sorgenlos, glücklich.

Da legte ein tiefes Wellental sein Gesicht frei. Er holte Luft und sah die nächste Riesenwelle kommen, gekrönt von einer langen, knotigen Meeresalge. Noch einmal flakkerte sein Lebenswille auf. „Wenn ich hochspringe, ganz hoch und nach der Alge greife, mich auf den Kamm der Welle schwinge, so daß ich sie reiten kann, dann muß sie mich zum Strand tragen", dachte er.

Und schon wagte Hein den Sprung mit letzter Kraft, griff in die Alge, saß auf dem Wellenkamm und wurde machtvoll und brausend zum Strand geschleudert. Gerade weit genug, um im knietiefen Wasser mit zitternden Beinen stehen zu können.

Ein Strandwanderer hatte seinen Kampf mit den Wellen beobachtet. Er lief nun in das flache Wasser und reichte dem Erschöpften die Hand. „Das ist noch mal gutgegangen", sagte er, „fast jedes Jahr ertrinkt jemand in einer plötzlichen Springflut."

Hein legte sich in den warmen Sand und schaute hinauf in den blauen Himmel. Seine Brust hob und senkte sich schwer, das Herz klopfte zum Zerspringen.

Dann bemerkte er die Alge um Schultern und Hals. „Das ist ein Blasentang", dachte er, „gelbbraun wie Bernstein, die Blätter lederartig und flach – und all die Blasen! Sind sie mit Luft gefüllt oder mit Wasser? Ein seltsames Gewächs, dieses Geschenk des Meeres!"

Kaum hatte er sich erholt, wanderte er heim durch die Dünen. Den Blasentang hatte er um den Hals gelegt, als wolle er sich davon nicht mehr trennen.

Daheim saß seine Mutter auf der Bank vor dem Haus und klönte mit des Nachbarn Tochter, der lustigen Susanne. Er erzählte von seinem Kampf mit den Wellen und zeigte den Frauen den Blasentang, in den er sich beim Sprung auf den Wellenkamm verwickelt hatte.

„Das ist ein guter Fang", meinte Susanne, „in der Sonne getrocknet und als Tee zubereitet, ist der Tang eine heilsame Medizin. Sie reinigt das Blut, wirkt abführend, hilft auch bei Asthma und Kropf. Meine Mutter sammelte Kräuter, Algen, Blüten, Blätter und Beeren und mischte Salben, Tinkturen und Getränke. Sie heilte viele Kranke in der Nachbarschaft. Nur sich selber hat sie nicht helfen können. Sie ist so früh gestorben! Ich wünschte, ich hätte auf sie gehört und mich mit ihren Kenntnissen vertraut gemacht. Ich war aber noch zu jung und hatte andere Gedanken im Kopf!"

Hein Lüders schaute noch am gleichen Abend durch die Schulbücherei. Da mußte es doch auch etwas über Heilpflanzen und Strandkräuter geben. Er verrannte sich in die Idee, es den Kräuterhexen und Wunderdoktoren gleichzutun.

An schönen Abenden und Sonntagen wanderte er über die Insel und suchte nach heilsamen Kräutern, Blättern und Beeren. Es wurde getrocknet, gekocht und gemischt. Und wer half ihm dabei? Natürlich die fröhliche Susanne von nebenan.

Es stellte sich heraus, daß sie mehr über Kräuter wußte, als sie je gedacht hatte. Sie erinnerte sich daran, wie sie der Mutter beim Sammeln geholfen hatte, und wußte noch genau, ob die Beeren, Blätter, Blüten oder Wurzeln von Nutzen waren.

Bald sah Hein in ihr die liebste und interessanteste Frau der Welt, und seine alte Mutter brauchte nicht mehr Heiratsvermittlerin zu spielen.

Hein und Susanne wurden ein Paar. Zusammen wanderten sie über die Insel und suchten den weißfilzigen Strandbeifuß mit den aromatischen, gelbbraunen Blütenköpfchen. Auch Meerfenchel und Labkraut waren willkommen, und die Nadeln und Knospen der Strandkiefer waren gut für Sirup und Aufgüsse.

Bald hieß es: „Unser Herr Lehrer kann deinen Husten heilen, hol dir einen Tee!" oder „Der Herr Lehrer hat eine gute Kräutersalbe, die heilt deine Wunde im Nu!" Und über die Jahre hieß der Herr Lehrer nur noch „Kräuter-Hein".

Natürlich nicht bei den Kindern. Die mußten immer noch Herr Lehrer oder Herr Lüders sagen. Aber in der Nachbarschaft, bei den hilfesuchenden Müttern und Vätern, bei den Alten und Kranken, da hatte er den Spitznamen weg – ganz einfach und schlicht „Kräuter-Hein".

„Und alles nur wegen der Meeresalge und weil du mir das Leben nehmen wolltest", lächelte Hein Lüders dem dunkelnden Meere zu, denn die Sonne war inzwischen völlig untergegangen. „Oder hast du nur mit mir spielen wollen, mich aufrütteln und anregen zu einem sinnvolleren, tieferen Leben? Du grausames, du gütiges, du endloses Meer!"

„Da bist du ja, du Träumer!"

Hein drehte sich erschreckt der Stimme zu. Zuerst sah er den rotbraunen Lockenkopf über der Düne auftauchen, und dann schaute er in die grünen Augen hinein, blaugrün, schillernd und wechselhaft wie das Meer.

„Das Abendessen ist fertig, und morgen steht dir ein Klassenausflug bevor. Du weißt doch, wie die Kinder sich freuen, wenn du sie über Strand und Dünen führst und ihnen die Namen der Pflanzen und Vögel nennst."

Ach ja! Hein sah sich schon im Kreise seiner Jungs und Deerns. Er ließ sie sammeln, riechen, schmecken, fragen und lachen. Welch herrliche Aufgabe: zu leben, zu lehren, zu lieben und zu führen!

„Ich komme ja schon, Susanne", erwiderte er, „hast du den rotgoldenen Sonnenuntergang gesehen? Morgen gibt es einen herrlichen Tag!"